Obra de Gabriel García Márquez

1992

Doce cuentos peregrinos

加西亚·马尔克斯 著
罗秀 译

梦中的欢快葬礼
和十二个异乡故事

南海出版公司

新经典文化股份有限公司
www.readinglife.com
出　品

目录

序

本书中的十二个故事是在过去十八年间写就的。在获得它们现在的形式之前，其中五个是新闻报道和电影剧本，一个是电视连续剧。还有一个是十五年前我接受采访时的录音，听我讲述的那个朋友将其整理出来并发表了，我在这个版本的基础上重写了一遍。这是一种很宝贵的创作经验，值得在这里絮叨一番，哪怕是为了让那些有志于以后成为作家的孩子从现在就开始了解，写作这种“恶习”是多么贪婪和熬人。

第一次萌生这个念头是在七十年代初期，缘于一个醍醐灌顶的梦。那时我已经在巴塞罗那住了五年。有一天，我梦见参加自己的葬礼，走在一群朋友中间，大家穿着肃穆的黑衣，气氛却像过节般热烈。所有人都因为相聚而感到快乐。而我则比任何人都快乐，因为死亡给了我这个同拉丁美洲的朋友们欢聚一堂的好机会，他们都是我最老最亲同时也阔别最久的朋友。葬礼结束，人们开始散去，我想陪他们一同离开。但其中一个朋友的话却如当头棒喝，让我意识到，对我来说，节日已经结束。“你是唯一不能走的人。”他说。直到这时我才明白，死亡就是再也不能跟朋友们在一起。

不知道为什么，这样一个很典型的梦，我却将它解释为自己身份认同感的觉醒，并觉得这是一个很好的起点，来写一写发生在那些旅居欧洲的拉丁美洲人身上的奇闻异事。这是一个令人鼓舞的发现，因为那时候我刚写完《族长的秋天》——那是我写得最艰难、最冒险的一部作品——正不知道接下来应该写点儿什么。

在大约两年间，我把脑海中闪现的那些我没拿定主意如何处置的题材都记录了下来。在决定开始做这件事的那个晚上，因为家里没有笔记本，孩子们借给我一个学生用的作业本。在我们频繁的旅行中，他们总是将它装在书包里背来背去，生怕弄丢了。最后本子上积累了六十四个题材，以及相关的各种细节，只差落笔了。

一九七四年，从巴塞罗那回到墨西哥的时候，我突然意识到这本书不应该像我一开始计划的那样是一部长篇小说，而应该是一本短篇小说集：在纪实报道的基础上，以诗歌创作的匠心赋予它们灵性。到那时为止，我已经出版了三本短篇小说集，但没有哪本是整体构思和处理的，每个故事都是独立、偶然的个体。因此，如果能用一条线索将所有故事串联起来，并赋予它们统一的基调和风格，使它们在读者的记忆中成为不可分割的整体，这六十四个故事的写作将会是一次令人神往的探险。

头两个故事，即《雪地上你的血迹》和《福尔贝斯太太的快乐夏日》，完成于一九七六年，立刻就在几个国家的文学副刊上发表了。我一天也没有停顿，但当第三个故事，也就是关于我自己葬礼的那篇写到一半的时候，我感觉比写一部长篇小说还要累。第四个故事也是如此。我根本没力气把它们写完。个中原因今天我已明了：写一个短篇小说需要付出的心血不亚于为一部长篇小说开头。在长篇小说的第一部分，作者必须把一切都确定下来：结构、语调、风格、节奏、篇幅，有时候甚至要确定某一人物的性格特征。而之后的部分，作家体会到的则是单纯的写作的快乐，那是人类所能想象的最私密、最自我的一种愉悦。如果一个作家没有花费整个余生来修改自己的作品，那是因为他在结束时和开篇时一样意志坚定。而短篇小说既没有开始，也没有结局：只有煎熬或者不煎熬。如果没有感受到煎熬，那么不管是我自己的还是他人的经验都表明，在大多数情况下，最好还是换个思路重新开始，或者直接把它扔进废纸篓。不记得是谁用一句令人欣慰的话精辟地总结了这一经验：一个好作家被欣赏，更多的是由于他撕毁的东西而非他发表的。虽然并没有把这些故事的草稿和笔记撕毁，但我做了一件更糟糕的事：把它们遗忘了。

我记得那个作业本一直放在墨西哥家中的书桌上，淹没在一大堆书本纸张里。直到一九七八年，有一天找别的东西时，我突然意识到已经很长时间没看到它了，当时我没有放在心上。但当确信它真的不在书桌上时，我感到一阵恐慌。我们找遍了家里的每个角落，移开家具，还拆掉了书架，就为确定它没掉到书架后面。我们还问遍了家里的用人和朋友，现在看来这一举动几乎是不可宽恕的。然而这一切都徒劳无功。唯一可能的——或者听上去合理的——解释是，在我常常发起的纸张清理运动中，某一次，这个作业本被扔进了废纸篓。

我的反应令自己都感到吃惊：那些被遗忘了近四年的题材对我来说成了一件关乎名誉的事。我决定不惜一切代价恢复它们。通过努力，我得以重建其中三十个故事的笔记，过程之艰辛绝不亚于把它们写出来。在努力回忆的同时，我也对这些材料进行了筛选。狠心剔除了那些我感觉难以处理的题材，最后剩下十八个。这一次我振作精神，决心一鼓作气把它们写出来，但是没过多久就发现已经对它们失去了热情。不过，我并没有像平时忠告年轻作家的那样，把手稿扔进废纸篓，而是重新把它们装订存档，以备万一。

一九七九年，当开始写作《一桩事先张扬的凶杀案》时，我发现自己在两部作品之间的空档丧失了写作的习惯，重新提笔写作变得越来越困难。因此，在一九八〇年十月到一九八四年三月间，我给自己规定了一项任务，每周为几个国家的报纸写一篇文章，以避免手生。那时我突然想到，我同笔记本上那些题材的龃龉之处仍然在于其文学体裁。事实上，它们不应该是短篇小说，而应该是新闻报道。在发表了其中五个之后，我再次改变了看法：它们更适合拍摄成影视作品。于是诞生了后来的五部电影和一部电视剧。

我事先完全没有想到的是，写作新闻报道和影视剧本，使我对这些故事的看法发生了一些改变。在创作剧本的过程中，导演们在故事中注入了他们的想法，我在将它们写成现在这个最终版本时，不得不小心翼翼地把这些想法从我自己的想法中挑出去。此外，同时与五个不同的创作者合作，让我发现了一种写这些故事的新方法：有空时就开始写，感到疲惫或者有事情临时插进来时就放下，然后开始写另外一个。在一年多一点儿的时间里，十八个题材中的六个进了废纸篓，其中就包括我的葬礼，因为实在无法描绘出梦境中那种欢欣的气氛。而剩下的故事则像有了呼吸，获得了长久的生命。

它们就是本书中的十二个故事。经过两年时断时续的写作，去年九月它们已经准备好付印了。要不是因为在最后时刻我又产生了一个疑问，它们早已结束了不停地进出废纸篓的朝圣之旅。这些故事发生在欧洲的几个城市，我凭着遥远的记忆描述那些地方。在过了近二十年之后，我想要印证一下我的记忆是否忠实。于是我开始了一趟短暂的追寻之旅，去了巴塞罗那、日内瓦、罗马和巴黎。

这些城市没有一个与我的印象有丝毫相似之处。跟今天的整个欧洲一样，其翻天覆地的变化令人吃惊，曾经的一切都变得虚无缥缈。真实的记忆就像记忆中的幻影，而虚假的记忆是如此令人信服，以至取代了现实，因此我无法分辨幻灭与怀旧的界线。这就是最终的答案。我终于找到了完成本书最需要的东西，这个东西只有时光的流逝能赋予我：一种置身于时间之中的视角。

这次幸运的旅行结束之后，我把所有故事从头到尾重写了一遍，在狂热的八个月时间里，我无须拷问自己，真实在哪里结束，想象从哪里开始，因为我怀疑，也许二十年前我在欧洲经历的一切都不是真实的，这种怀疑令我受益。从那时开始，写作变得十分流畅，以至于有时我会觉得，写下这些文字是出于纯粹的叙述的快感，仿佛整个人都飘浮在空中。此外，同时写作所有故事，随心所欲地从一个跳到另一个，这种方式使我能够尽览全景，不但避免了因为频繁地开始而感到疲惫，也更容易发现文中无关紧要的冗余词句和致命的前后矛盾。我认为，我已经收获了最接近我理想的短篇小说集。

经历了长时间的反复，克服了挣扎犹疑，现在这本书已经准备好被送到各位的书桌上。除了最早的两个，其他所有故事都是同时完成的，结尾处标注的是我动笔的时间。在这个版本中，故事是按照它们在笔记本上的顺序排列的。

我一直认为，对一个故事来说，后一版总是比前一版更好。那么如何确定哪个是最终版本呢？这是一个职业秘密，没有理性原则可循，只能遵从直觉的魔力，就像厨师知道什么时候汤熬得正是火候一样。无论如何，以防万一，我不会再去读它们。我从来不会再去读自己的任何一部作品，因为担心自己会后悔。读过这些故事的人知道该怎么处置它们。幸运的是，对于本书中的十二个故事来说，被扔进废纸篓，它们应该会有回家的轻松感觉。

加夫列尔·加西亚·马尔克斯

一九九二年四月于卡塔赫纳

总统先生，一路走好！

Buen viaje, señor presidente

空寂的公园里树叶已经变黄，他坐在树下的木头长椅上，双手拄着手杖的银质圆柄，望着湖中灰扑扑的天鹅，心里想着死亡。他第一次到日内瓦来的时候，这片湖还是宁静而清澈的，有温驯的银鸥飞到跟前，在人们掌中啄食。傍晚六点，妓女们像幽灵般出现，打着丝绸阳伞，裙裾的褶边薄如蝉翼。而现在，目力所及之处唯一可能出现的女性就是荒芜码头上的卖花女。令人难以置信，时间不仅摧毁了他的生活，也让世界变得同样满目疮痍。

这座城市里到处都是曾经显赫如今却鲜有人知晓的人，他不过是其中之一。他穿着深蓝底色白条纹的外套、锦缎马甲，戴着退休法官式的硬礼帽，长着火枪手一样高傲的胡须，微微发蓝的浓密鬈发泛起浪漫的涟漪。他有一双竖琴家的手，左手无名指上戴着代表鳏居的戒指，还有一双欢快的眼睛。唯一泄露他真实健康状况的只有疲惫苍老的皮肤。但以七十三岁的年纪来说，他依旧堪称风度翩翩。然而，在那个早晨，他却感到所有的浮华都已烟消云散。那些拥有荣耀和权势的岁月已经无可挽回地远去了，生命中剩下的时光只能是一步步走向死亡。

两次世界大战过后，他又回到了日内瓦，为马提尼克[①]的医生们无法确诊的疼痛寻求确切的答案。原以为最多待上十五天，然而已经过了六个星期。日复一日都是令人筋疲力尽的检查和不确定的结果，而且还不知何时才是尽头。医生们检查了他的肝脏、肾脏、胰腺，以及更不可能的前列腺，寻找疼痛的根源。直到那个令人不快的星期四，给他做过检查的众多医生中最寂寂无闻的一位约他早上九点在神经科诊室见面。

这间诊室更像修士的小屋。医生个子不高，神情阴郁，因为拇指骨折，右手还打着石膏。当灯光熄灭，屏幕上出现了一张脊骨的 X 光片。直到医生用指棍指给他看腰下两块椎骨的接合处，他才意识到这是自己的脊柱。

“您的疼痛就来自这里。”医生说。

但他觉得问题没那么简单。这种疼痛飘忽不定，难以捉摸，有时候似乎在右侧肋骨，有时候又似乎在下腹，腹股沟那里经常会突然感到刺痛。医生停下来听他的申诉，指棍尖仍旧停在屏幕上。“正因如此，我们才会这么长时间难以确诊，”他说，“但现在我们知道了，就在这里。”随后他指着太阳穴补充说：

①拉丁美洲向风群岛中部法属岛屿。

“虽然从严格意义上讲，总统先生，所有疼痛都在这里。”

在宣布诊断结果时，医生的态度让人如此紧张，以至于最后的治疗方案显得轻描淡写：总统先生必须接受一次有风险的手术。被问及风险究竟有多大时，这位老医生回答得含含糊糊。

“这个我们也无法断言。”他说。

直到不久以前，他说，这种手术失败致死的风险还相当大，而导致不同程度的瘫痪的可能性更大。但是两次战争带来的医学进步使这些担心都成了过去。

“您放心吧，”他最后说，“好好安排一下您的事情，然后通知我们。但有一点是确定的，您别忘了，宜早不宜迟。”

这样一个早晨不适宜消化这个不幸的消息，尤其是当天气也突然变了脸。那天他很早就从旅馆出来了，没有穿大衣，因为当时窗外阳光明媚。他迈着沉稳的步子，从医院所在的丽日大街来到幽会天堂英国公园。他在那里待了一个多小时，一直在思考死亡。与此同时，秋天悄然而至。湖面上波涛汹涌，有如怒海，狂风惊走了银鸥，卷走了最后几片枯叶。总统先生站起来，没有买花，而是从公共花坛里折了一朵雏菊别在外套翻领上的扣眼里，却正好被那卖花女撞见。

“这些花不是上帝赐予的！先生，”她愤愤地喊道，“那是市政府种的花。”

他没有理会，径直大步流星而去，紧握着手杖的中间位置，不时转上几圈，有些轻佻，却不失风度。在白朗峰大桥，人们正手忙脚乱地降下被狂风卷成一团的联邦旗帜，永远顶着泡沫的优美的喷泉也提前关闭了。总统先生差点儿没认出码头上那家他常去的咖啡馆，因为绿色的遮篷收起来了，夏天时缀满鲜花的露台也已封闭。虽然是白天，大厅里也开着灯。弦乐四重奏乐队正在演奏莫扎特那首预兆般的曲子[①]。柜台上有一沓为顾客预留的报纸，他从里头取了一份，把帽子和手杖挂在衣钩上，戴上金框眼镜，选了一张最僻静的桌子坐下开始读报。直到这时他才意识到，秋天来了。他从国际版读起，这个版面偶尔会有一些美洲的消息，接着从后往前浏览，直到服务员送来他每天喝的依云矿泉水。在医生们的强制下，他戒掉喝咖啡的习惯已有三十多年了。但是他也曾说过："如果有一天我确信自己行将就木，就重新开始喝咖啡。"也许现在是时候了。

"再给我一杯咖啡。"他用纯正的法语说。随即补充道："要意式咖啡，能让人起死回生的那种。"并没有意识到话里的双关含义。

他没有加糖，慢慢地小口喝完，然后把杯子倒扣在杯托上。这么多年之后，终于有机会再次用咖啡渣来预测自己的命运。这久违的味道暂时将他从胡思乱想中解救出来。过了片刻，仿佛出于精准的直觉，他感到有双眼睛正盯着自己。于是他假装不经意地翻动报纸，从眼镜上方看过去。那是一个面色苍白、胡子拉碴

---

①指莫扎特临终前创作的最后一部作品《安魂曲》。

的男人，戴着一顶运动便帽，身上穿着一件翻毛外套。那人匆忙移开视线，避免与他目光相遇。

这张脸有些眼熟。在医院的大厅里曾打过几个照面，某一天看天鹅的时候也见过他骑着小摩托经过湖边大道，但确实并不觉得认识。但也不排除这是他流亡生涯中诸多幻想中的迫害之一。

他不紧不慢地看完报纸，一边沉浸在勃拉姆斯大提琴曲磅礴的旋律中，直到疼痛的感觉变得如此强烈，只靠音乐的抚慰已无法压制。于是他从马甲口袋里掏出拴着链子的金表看了看，就着最后一口水服下两片午间的止痛片。在摘下眼镜之前，他拿起咖啡杯查看自己的命运，结果让他打了个寒战：未知。最后他付了账，留下微薄的小费，从衣钩上摘下手杖和帽子，来到街上，没有再看那个窥视他的人。花坛被狂风搅得一片狼藉，他沿花坛边走着，步履轻快，似乎已经对命运的预示释怀。但突然他感觉到了身后的脚步声，于是在拐角处停下，转过身去。为了不撞上他，跟踪的男人不得不来了个急刹车，在距离他的双眼不到两拃的地方不知所措地看着他。

“总统先生。”男人嗫嚅道。

“告诉那些花钱雇你的人，别做梦了，”总统依旧微笑着，嗓音充满魅力，“我的身体毫无问题。”

“这件事没有人比我更清楚。”男人说，迎面而来的高贵感压迫着他，“我在医院工作。”

他说话的口音、节奏，甚至他的羞涩，都属于地道的加勒比人。

“别告诉我您是医生。”总统说。

“我多么希望我是，先生。”男人说，“我是救护车司机。”

“抱歉。”总统确信自己弄错了，“这是一份很辛苦的工作。”

“没有您的工作辛苦，先生。”

总统毫不掩饰地打量着他，双手拄在手杖上，饶有兴致地问：

“您是哪里人？”

“加勒比人。”

“这点我看出来了，”总统说，“但是哪个国家的？”

“跟您一样，先生。”这人说着向他伸出手来，“我叫荷马·雷伊。”

总统惊讶地打断了他，没有放开他的手。

“是吗？”他惊叹道，“多有意思的名字！”

荷马放松下来。

“这不算什么，”他说，“我的全名是荷马·雷伊·德拉卡萨[①]。”

一阵凛冽的寒风突然袭来，站在街心的两人毫无防备。总统感到一阵彻骨的寒冷。他意识到，在没有穿大衣的情况下，自己不可能步行两个街区到常去的那家穷人的小餐馆吃午饭。

“您吃过午饭了吗？”他问荷马。

“我从来不吃午饭，”荷马说，“我每天就吃一顿饭，晚上回

---

① “荷马”为古希腊著名诗人，“雷伊”（Rey）意为“国王”，“卡萨”（Casa）意为“家”。

家吃。”

“今天破个例吧，”他施展出浑身的魅力，“我邀请您共进午餐。”

他挽起荷马的胳膊，把他带到马路对面的餐厅。帆布遮篷上烫着金色的店名：皇冠牛排。店内狭窄而热闹，似乎没有空位了。荷马·雷伊很惊讶居然没人认出总统，于是跑到大厅最里面寻求帮助。

“他是现任总统？”餐厅老板问。

“不，”荷马说，“被推翻的。”

老板报以会心的微笑。

“对于这样的客人，”他说，“我特意准备了一张桌子。”

他们被带到大厅最里面一个僻静的角落，在那儿可以轻松自在地交谈。总统向餐厅老板表示感谢。

“并不是所有人都像您一样承认流亡者的尊严。”他说。

这家餐厅的特色是炭烤牛排。总统和他的客人环视周围，看到别的桌上摆着大块的烤牛排，边缘还带着柔软的脂肪。“这牛排看上去妙不可言，”总统喃喃地说，“但我不能吃。”他用顽皮的眼神盯着荷马，改变了语调。

“事实上，我什么都不能吃。”

“您也不能喝咖啡，”荷马说，“但您却喝了。”

“您注意到了？”总统说，“今天不过是特殊日子的特殊待遇。”

这一天的特殊待遇并不限于咖啡。他点了炭烤牛排，外加一份新鲜的豆角沙拉，除橄榄油外没有任何调味品。他的客人点了同样的东西，另外要了半瓶葡萄酒。

在等着上菜的时候，荷马从外套口袋里掏出一个没装钱而装了很多纸的皮夹，给总统看一张褪色的照片。总统认出了自己：穿着长袖衬衫，比现在瘦一些，头发和胡子都是浓黑色，站在一群闹哄哄的年轻人中间，他们每个人都踮起脚尖想突出自己。他一眼就认出了那个地方，认出了那场不堪回首的竞选的标语，也记起了那段徒劳无功的日子。“太可怕了，”他喃喃道，“我常说，一个人在照片上比在现实中老得更快。”然后他做了一个往事已矣的手势，把照片还给了荷马。

“我记得很清楚。”他说，“那是好多年前，在圣克里斯托瓦尔－德拉斯卡萨斯的斗鸡场上。”

“那是我的家乡。”荷马说，然后指着人群中的自己，“这个是我。”

总统认出了他。

“还是个小孩子！”

“差不多。”荷马说，“在整个南部竞选过程中我一直跟您在一起，我是大学生助选团的头儿。”

总统以为接下来会听到责备的话。

“而我显然当时甚至没注意到您。”他说。

“正相反，您对我们非常友善。”荷马说，“但是我们人太多了，您不可能记得我。”

“后来呢？”

“后来的事，还有谁比您更清楚？”荷马说，“军事政变后，我们能在这里相逢，一起等着吃下半头公牛，这是一个奇迹。有这份运气的人不多。”

这时菜上来了。总统把餐巾系在脖子上，像小孩儿的围嘴。他并非没有感觉到客人未说出口的惊讶，解释道：“如果我不这么做，每顿饭都得牺牲一条领带。”在开吃之前，他先尝了尝肉的老嫩，露出满意的表情，回到谈话的主题。

“我不明白的是，”他说，“为什么您之前没有走上前来跟我相认，而是选择像警犬一样跟踪我。”

荷马告诉他，第一次看见他从一个特殊通道进入医院的时候就认出他了。那时正值盛夏，他穿着一套白色安的列斯亚麻西服，黑白相间的皮鞋，衣领上别着一朵雏菊，一头优雅的头发被风吹得有些凌乱。荷马打听到，总统孤身一人待在日内瓦，无人帮扶，唯一可以依靠的是他对这个城市的记忆，他就是在这里拿到了法学学位。根据他的要求，医院的管理人员承诺对他的信息严格保密。当天晚上，荷马就跟妻子商量好，要和总统取得联系。然而，他跟踪了五个星期，一直没找到合适的时机。这次如果不是被撞个正着，他可能还是不会上前问候。

“我很高兴您这么做了。”总统说，“虽然事实上，我完全不介意一个人待着。”

“这不公平。”

“为什么？”总统真诚地问，“我这辈子最大的成就就是成功地使自己被遗忘了。”

“我们对您的怀念要比您想象的深刻得多。”荷马毫不掩饰自己的激动，“真高兴看到您像现在这样，健康而年轻。”

“然而一切都预示我将不久于人世。”总统平静地说。

“您手术成功的几率很高。”荷马说。

总统惊讶得跳了起来，但仍未失去风度。

“啊！真见鬼！”他惊呼，“难道在美丽的瑞士，医疗信息的保密制度已经被废除了吗？”

“在世界上任何一家医院，对于救护车司机来说，没有什么秘密可言。”荷马说。

“这个消息我是在不到两个小时之前，从唯一应该知道的人那里听说的。”

“不管怎样，您都不会白白死去。”荷马说，“会有人将您奉为高贵的楷模，给予您应有的位置。”

总统装出一副滑稽的吃惊模样。

“谢谢您的提醒。”他说。

他进餐跟做其他任何事情一样：不紧不慢，干净利落。他一边吃，一边看着荷马的眼睛，荷马觉得他能看穿自己的心思。在充满怀旧和回忆的长时间交谈之后，总统脸上露出调皮的坏笑。

“之前我已经决定不去操心自己的遗体，”他说，“但现在我觉得应该采取一些像侦探小说里那样的预防措施，以防别人找到。”

“做什么都没用，”荷马开玩笑说，“在医院里，没有什么秘密能维持一小时以上。”

喝完咖啡，总统查看了杯子下面，再次打了个寒战：一模一样的信息。但他的表情没有变化。他用现金付了账。付账前确认了好几遍账单，又过分仔细地清点了好几遍手里的现金，最后留下的小费只够换来服务员一句嘟囔。

“非常高兴认识您。”他向荷马告别，“我现在还没有确定手术日期，甚至还没有决定是否接受手术。但如果一切顺利，我们还会再见的。”

“为什么不在手术之前？”荷马说，“我老婆拉萨拉为有钱人做饭。鲜虾饭没有人能做得比她更好，我们非常希望能找个晚上邀请您来家里做客。”

“我被禁止吃海鲜，不过我很乐意品尝。”他说，“您来定时间吧。”

“周四我休息。”荷马说。

“很好。”总统说，“那周四晚上七点我去您家。真的很高兴。”

“我来接您吧。”荷马说，“大马士旅馆，工业路十四号。在火车站后面。对吗？”

“没错，”总统站起身来，显得比以往更有魅力，“看起来，您应该连我的鞋码都摸清了。”

“当然了，先生。”荷马被逗乐了，“四十一码。”

有一件事荷马·雷伊没有告诉总统，但在之后的岁月中却一再告诉每一个愿意倾听这个故事的人：他最初的动机没那么单纯。和其他救护车司机一样，他同殡葬公司和保险公司做交易，在医院里兜售他们的服务，尤其是向那些举目无亲的外国患者。所得微不足道，还得跟其他提供消息的雇员分享，关于危重病人的秘密信息都是你传他、他传我这样传出来的。但是对于一个没有前途可奔、靠着极其微薄的薪水同妻子和两个孩子一起在生存线上挣扎的流亡者来说，算是不错的慰藉。

他的妻子拉萨拉·戴维斯更加现实。她是一个面容姣好的穆拉托[①] 女人，来自波多黎各圣胡安。身材娇小结实，有着蜜糖色的光滑皮肤，充满野性的眼睛同她的气质十分相称。他们是在医院做慈善服务时认识的，那时她是杂务助理。在那之前，她作为保姆被祖国的一个富翁带到了瑞士，后来被遗弃在日内瓦。虽然她是尤鲁巴族女孩，两人还是按照天主教的仪式举行了婚礼。他们住着一套两室一厅的房子，位于一栋公寓楼的八层，楼里没有电梯，居民以非洲移民为主。他们有个九岁的女儿叫芭芭拉，七岁的儿

①音译，意为黑白混血。

子拉萨罗有些智力发育迟缓的迹象。

拉萨拉·戴维斯是个聪明、暴脾气的女人，但是心肠很软。她觉得自己是典型的金牛座，并且对星座占卜有一种盲目的迷信。然而，她一直没能实现以给百万富翁当占星师来谋生的愿望。让她有时能补贴点儿家用，偶尔还能有可观收入的生计是为阔太太们准备晚宴，以供她们在宾客面前炫耀，让别人以为那些精美的安的列斯菜肴是出自她们之手。荷马则羞涩而拘谨，除了现在做的这点儿事，别的什么也不会。但是拉萨拉从没想过离开他，因为他心地单纯，在性方面也很能满足她。原先他们过得还不错，但这几年，随着孩子们一天天长大，日子越来越艰难。总统到达日内瓦的时候，他们已经开始一点一点动用五年来的积蓄了。因此，当荷马·雷伊在医院里匿名的病人中认出他来时，夫妻俩开始浮想联翩。

他们并不确切地知道自己想从他那里得到什么，也不知道自己有什么权利这么做。一开始，他们想过向他兜售全套的殡葬服务，包括给遗体做防腐处理，然后运送回国。但是慢慢地，他们发现死亡并不像一开始看上去那样离他那么近。到与总统共进午餐的那天，夫妻俩已经因为诸多疑问而感到茫然了。

事实上荷马并没有担任过大学生助选团的领袖，或其他类似的角色。拍下那张照片那天，是他唯一一次参加助选活动。但阴差阳错，这张照片居然奇迹般地在衣柜里被找到了。不过他的一腔热忱是真的。他也确实是因为参加了反军事政变的巷战，不得不逃离祖国，尽管过了这么多年他依然生活在日内瓦的唯一原因是他已经毫无斗志。因此，这个小小的谎言不应该成为他获得总统好感的障碍。

第一件让夫妻俩感到诧异的事情是，日内瓦到处都是失意政客的华府豪宅，但这位著名的流亡者却住在凋敝的格罗特社区一家四等旅馆里，混迹于亚洲移民和妓女中间，独自一人在穷人的小餐馆用餐。荷马亲眼见到他日复一日地重复那天的行程。他一次次用目光追随着他，有时候会近到很容易被发现，看着他傍晚时分在老城阴郁的墙和丛生的黄色风铃草间散步。他曾看到他在卡尔维诺塑像前发呆，一待就是几个小时；也曾跟着他一步一步登上石阶，被茉莉花浓烈的香气呛得几乎窒息，只为了在博地弗广场的最高处观赏夏日漫长的日落。一天晚上，他看到他淋着秋天的第一场雨，既没穿大衣也没撑雨伞，为了听鲁宾斯坦[①]的音乐会跟学生们一起排队。“真不知道他怎么会没得肺炎。”他后来跟妻子说。前一个周六，天气开始变凉，他看到他买了一件假水貂领的秋装大衣，但不是在流亡政客经常光顾的罗纳大街上那些金碧辉煌的商场里，而是在拉斯普尔加斯的市场上。

“什么都别指望了，”听了荷马的叙述，拉萨拉惊呼，“他真是个彻头彻尾的吝啬鬼，死了可能还得慈善团体去给他收尸，埋到

①阿图尔·鲁宾斯坦（1887–1982），美籍波兰裔犹太钢琴家。

公共墓地去。咱们永远也别想从他那里得到什么。”

“也许他是真的没钱。”荷马说，“毕竟这么多年没工作了。”

“哎哟，你这小黑鬼。上升星座也在双鱼座的双鱼座是一回事，傻是另一回事。”拉萨拉说，“全世界都知道他卷走了政府的财产，他是马提尼克最有钱的流亡者。”

荷马比拉萨拉大十岁，是听着总统在日内瓦一边读书一边在建筑工地打工的故事长大的。相反，拉萨拉则是听着敌对媒体对各种丑闻的报道长大的，她从小就在一个敌视总统的家庭当保姆，这些丑闻在这个家庭中被进一步夸大了。因此，因为同总统共进午餐，那天晚上，荷马回到家时欣喜若狂，而她却对总统邀请他去高级餐厅吃饭这种情节不屑一顾。让她气恼的是，荷马没有借机向总统提出任何要求，而他们曾梦想过很多东西，从孩子们的奖学金到医院里一个更好的职位。她觉得自己的怀疑得到了确认：这位总统已经打定主意，宁可曝尸荒野喂兀鹫，也不愿意把手里的钱用于一个像样的葬礼，并让遗体荣归故里。但最终点燃怒火的是荷马特意留到最后的消息：他邀请总统周四晚上来家里吃鲜虾饭。

“你还嫌这一切不够吗？”拉萨拉冲他喊道，“要是他吃罐头虾中毒死在这儿了，我们还得拿留给孩子们的积蓄来给他办丧事！”

出于对婚姻的忠诚，最后她妥协了。她不得不向一个邻居借了三套银餐具和一个玻璃沙拉盘，向另一个借了电咖啡壶，向第三个借了一块绣花桌布和一套瓷咖啡杯。他们原本一致同意以家里的寒酸境况博取客人的同情，但她还是把旧窗帘换成了过节时才会挂出来的新窗帘，拿掉了家具上的护套，并花了一整天时间刷地板、除尘，将屋里的东西变换位置，直到房间焕然一新。

周四晚上，总统出现在门口，因为刚刚爬了八层楼梯，呼吸还有些急促。他穿着新买的二手大衣，戴着过时的圆顶卷边帽，只带了一枝玫瑰送给拉萨拉。她惊讶于他的男性风度和王子般的举止，但除此之外，总统给她的第一印象跟她料想的毫无二致：虚伪而贪婪。他显得很做作，一进门就仿佛突然陷入了狂喜，深吸了一口气，然后闭着眼睛，伸开双臂惊呼："啊，祖国海的味道！"而事实上，她在做饭的时候，为了不让满屋子都飘着虾的味道，还特意把窗户打开了。他表现得比以往任何时候都小气，只给她带了一枝玫瑰，而且毫无疑问是从公共花坛里偷的。他是如此傲慢无礼，在看到关于自己光辉的总统生涯的剪报和荷马满怀赤诚钉在客厅墙上的竞选小旗时，神色轻蔑。他心肠很硬，甚至没有向芭芭拉和拉萨罗问好，而两个孩子特意为他准备了礼物。在用餐的过程中，他还说有两样东西是自己不能忍受的：狗和孩子。她恨他。但是，加勒比人热情好客的天性使她克制住了偏见。她穿着只有节日里才会穿的非洲长袍，戴着萨泰里阿教[①]徒的项链和手镯，在整个晚餐期间没有做任何多余的动作，也没有说任何多

①加勒比地区一种融合了非洲约鲁巴族神话、罗马天主教教义和土著传统的信仰体系。

余的话。她的表现堪称完美，无可挑剔。

事实上，鲜虾饭并不是她最拿手的，但她做得很用心，也非常成功。总统吃了两盘，赞不绝口。他也很喜欢炸香蕉片和鳄梨沙拉，虽然这两道并非他们的家乡菜。拉萨拉一直保持缄默，安静地倾听，直到享用餐后甜点时荷马不合时宜地陷入了上帝是否存在的死胡同。

“我相信上帝是存在的。”总统说，“但是跟人类一点儿关系都没有。他关心的是重要得多的事情。”

“我只相信星座。”拉萨拉说，她扫了一眼总统的反应，“您是哪一天出生的？”

“三月十一日。”

“我猜就是！”拉萨拉带着得胜的惊讶说，然后语调优雅地问道：“一张桌子上坐着两个双鱼不会有点儿多吗？”

她回厨房去准备咖啡的时候，两个男人还在谈论上帝。她把残羹冷炙都收拾了下去，全心全意盼着这个夜晚有个完满的结局。当她端着咖啡回到客厅时，总统的一句话让她目瞪口呆。

“不用怀疑，我的朋友，咱们可怜的祖国所遭遇的最大的不幸就是我当了总统。”

荷马看到拉萨拉站在门口，端着借来的咖啡壶和瓷杯子，似乎快要晕过去了。总统也注意到了。“别这么看着我，女士。”他柔声说，“我说这些都发自内心。”然后，他转向荷马：

“还好，我正在为自己的不明智付出昂贵的代价。”

拉萨拉送上咖啡，关掉了餐桌上方的灯，那雪亮的光不适合聊天。客厅里变得幽暗，气氛亲密了些。她第一次对这位客人产生了兴趣，他的风趣幽默无法掩饰他内心的悲哀。当总统喝完咖啡，把杯子倒扣在杯托上等残渣落下时，她的好奇又增加了几分。

在饭后的闲聊中，总统告诉他们，他选择马提尼克岛作为流放地，是因为跟那时刚刚发表了《返乡札记》的诗人艾梅·塞泽尔[①] 交往甚笃，是他帮助自己开始了新生活。靠着妻子继承的那笔遗产余下的部分，他们在法兰西堡的山里买了一栋用硬木造的房子，窗户上装了铁丝网，朝向大海的露台上开满野花。在那里，听着蟋蟀的叫声，闻着从磨坊飘过来的糖浆和甘蔗酒的气味，睡觉真是一种享受。妻子比他大十四岁，唯一的一次分娩让她落下了病。他们就在那里安顿下来。为了抵抗命运，他埋头重温那些拉丁文经典作品，并确信自己的余生就将这样度过。在很多年里，他不得不抵御曾经的追随者提出的各种各样冒险的诱惑。

“但是我再也没有拆过任何一封信。”他说，“从来没有。因为我发现，即使是那些最紧急的，过一个星期就不那么紧急了，过两个月，甚至连写信的人自己都忘了。”

在昏暗的灯光下，他看见拉萨拉点了一根烟，伸出手急切地抢了过来，深深地吸了一口，并把烟留在了嗓子里。拉萨拉吃了

---

①艾梅·塞泽尔（1913－2008），马提尼克政治家、诗人。

一惊，拿出烟盒和火柴，想再点一根。但是总统又把已经点燃的那根还给了她。“看您抽得那么享受，我实在没有办法抵挡诱惑。”他说。但是他不得不把烟都吐出来，因为他剧烈地咳嗽起来。

“我已经戒烟很多年了，但烟瘾一直没有彻底放过我。”他说，“有时候它会战胜我，比如现在。”

他又咳了两回。疼痛又回来了。他拿出怀表看了看时间，服下晚间的两片药，然后拿起咖啡杯看了看：没有任何改变。但这次他没有打寒战。

“在我之后，有一些我原来的支持者当了总统。”他说。

“萨亚格。”荷马说。

“萨亚格，还有别的人。”他说，“都跟我一样，强求一种我们不应得的荣誉，从事着一份我们不知道该怎么做的工作。有些人追求的只是权力。但大多数人追求的东西更可悲：头衔。”

拉萨拉被激怒了。

“您知道别人是怎么说您的吗？”她问。

荷马警觉地插话道：

“那全是谎言。”

“是，又不是。”总统非常平静地说，“就一个总统而言，最狼藉的名声可以既是事实，又是谎言。”

在整个流放期间他一直住在马提尼克岛，除了每天阅读官方报纸上的几则消息，跟外界没有任何接触。他在一所公立中学教授西班牙语和拉丁语，艾梅·塞泽尔时不时给他一些翻译的活儿，以此维持生计。在八月令人难以忍受的炎热天气里，他会在吊床上一直待到中午，在卧室里电扇的嗡嗡声中读书。妻子则照料着放养的鸟儿，即使在一天中最热的时段，也只是戴上一顶装饰着人造果子和纱制假花的宽沿草帽遮阳。但是，当酷热退去，在露台上享受清凉还是很惬意的。他长时间地看着大海，直到夜幕降临，她则坐在柳条摇椅里，戴着破旧的草帽，每根手指上都戴着花哨的戒指，看着来往的各国轮船。“这艘是开往圣人港的。”她说，“瞧那艘船装满了圣人港的香蕉，都走不动了。”在她眼里，没有哪艘船不是自己国家的，而他则在一旁装聋作哑。不过最后她忘记得比他更彻底，因为她失去了记忆。他们就这样待着，直到喧闹的黄昏结束，不得不蔽身于被蚊子占领的房子里。某个秋天，在露台上看报纸时，总统吃惊得跳了起来。

“噢，见鬼！”他说，“我死在埃斯托里尔了！”

他的妻子正昏昏欲睡，也被这新闻吓了一跳。消息登在报纸第五版的角落里，一共六行。这家报纸偶尔会发表一些他的翻译作品，报纸的主编也会时不时地来拜访他，可现在却说他已经死在了里斯本的埃斯托里尔，那里是欧洲堕落的温床和巢穴。他从来没有去过那里，那也许是世界上唯一一块他不愿意埋骨的地方。一年以后，妻子真的去世了，咽气前一直被仅剩的记忆折磨：他们的独子曾经参与推翻自己父亲的政变，最后却被同伙枪毙了。

总统叹了口气。“我们就是那样，无可救赎。”他说，“一片被想象成积聚了全世界的渣滓、没有一丝爱意的大陆，一群习惯了劫持、强暴、黑幕交易、欺骗、尔虞我诈的人。”拉萨拉那双非洲人的眼眸此时正毫不留情地审视着他。他迎着她的目光，试图以老练精湛的口才使她信服。

“混血这个词的意思就是把眼泪和流动的血液混在一起。对这样一杯苦酒，还能期待什么呢？”

拉萨拉用一阵死一般的沉默让他如坐针毡。但在深夜告别的时候，她控制住了情绪，给了他一个正式的吻。总统拒绝了荷马陪他回旅馆的好意，但是没能阻止他帮自己叫了一辆出租车。当荷马回到家时，等待他的是暴怒的妻子。

“他是全世界最老奸巨猾的总统，”她说，“一个彻头彻尾的浑蛋。”

尽管荷马费尽口舌想让她平静下来，他们还是度过了一个糟糕的不眠之夜。拉萨拉承认，总统是她见过的最英俊的男人之一，有种迷倒一切的魅力和阳刚之气。“别看他现在这样，又老又落魄，上了床肯定还很勇猛。”她说。但她觉得，上帝赋予他的这些天赋被他挥霍在了虚伪上。她无法忍受他假惺惺地说自己是祖国最差劲的总统；也不能忍受他吹嘘自己的简朴生活，因为她始终相信他拥有整个马提尼克岛一半的财富；更不能忍受他假装对权力漠不关心，因为显而易见他愿意不惜一切代价重回总统宝座，哪怕只有一分钟，好将他的敌人们踩到泥里。

“而他所说的一切，”她总结道，“只是为了让我们臣服在他脚下。”

“这样做对他有什么好处？”荷马说。

“没什么好处。”她说，“但虚荣是一种永远不可能被满足的恶习。”

她怒气冲天，以至于荷马无法忍受跟她同床共枕，裹着毯子在客厅的长沙发上过了一夜。第二天，拉萨拉依旧很早就起床了，跟平时在家时一样赤裸着全身，嘴里还不停地自言自语。她没花多少工夫就把那顿不愉快的晚餐留下的痕迹清除得一干二净。天一亮她就还掉了借来的物件，窗帘换回了旧的，家具挪回原处，直到房间变得跟头天晚上之前一样贫穷而整洁。最后，她扯下了剪报、画像、粗劣的竞选小旗，全部扔进了垃圾桶，然后大喊一声：

“见鬼去吧！”

一星期后，荷马看到总统在医院的出口等他，请求他陪自己回旅馆。他们爬上陡峭的三层楼梯，进了一间阁楼。屋里只有一个天窗，窗外是灰暗的天空，窗口拴了一根晾衣绳。一张双人床占据了一半空间，此外只有一把样式简单的椅子、一个洗手盆、一个便携式浴盆和一个简陋的衣柜，衣柜上面的镜子雾蒙蒙的。总统注意到了荷马的震惊。

“这里是我当年上学时住的地方。”他似乎是在为自己辩解，“我在法兰西堡预定的。”

他拿出一个丝绒包裹，把毕生的积蓄摊在床上：几个装饰着各色宝石的金手镯、一条三层珍珠项链、两条镶宝石金项链、三条坠着圣像的金链子、一对镶绿宝石金耳环、一对镶钻耳环、一对镶红宝石耳环、两个圣物匣、一个相片盒、十一枚各种珍贵材质做的戒指，还有一顶可能曾经属于某位女王的闪闪发光的皇冠。然后又从另一个盒子里拿出一些袖扣，三对银的和两对金的，各自都有配套的领带夹，还有一块镀白金的怀表。最后，他从一个鞋盒里拿出六枚勋章：两枚金的，一枚银的，其余毫无价值。

“这是我这辈子剩下的所有东西了。”他说。

除了卖掉所有这些，他没有别的办法来凑齐医疗费了，他希望荷马能够帮他尽可能秘密地卖掉。但荷马觉得自己没有能力满足他这个请求，因为这些东西没有正规的发票。

总统解释说，它们都是他妻子的嫁妆，从她祖母那里继承来的，那位生活在殖民时期的老人继承了哥伦比亚几个金矿的一大笔股票。怀表、袖扣和领带夹则是他自己的。而那些勋章，当然，在属于他之前不属于任何人。

“我想这样的东西，没有人能拿得出发票。”

荷马的态度很坚决。

“如果是这样，”总统思索了一会儿，说，“我没有别的选择，只能抛头露面了。”

他以一种拿捏得恰到好处的平静态度开始收拾那些珠宝。“我恳请您的原谅，亲爱的荷马，但是，再没有比一个穷总统的贫穷更可悲的了。”他说，“活下去显得毫无价值。”那一瞬间，荷马被打动了。他屈服了。

那天晚上，拉萨拉很晚才回到家。一进门就看到餐厅的水银灯下闪闪发光的珠宝，她的神情就像突然看到床上有只蝎子。

“你可别干蠢事，小黑鬼。”她吓坏了，“这些东西哪儿来的？”

荷马的解释让她愈加不安。她坐下来，像个金银匠一般谨慎地一件件审视这些珠宝，过了一会儿叹了口气说：“这些应该值不少钱。”最终她盯着荷马看了又看，还是一头雾水。

“见鬼！”她说，“怎么能确定这家伙说的都是真的呢？”

“为什么不能？”荷马说，“我刚刚亲眼看到他自己洗衣服，用电线挂在一间跟我们一样的小屋里。”

“那是因为他小气。”拉萨拉说。

“或是因为贫穷。”荷马说。

拉萨拉重又检查了一遍那些珠宝，但不像刚才那么认真，因为她也被说服了。所以第二天早上，她穿上自己最好的行头，从那堆珠宝中挑出一些自认为最贵的戴上，每根手指都戴了戒指，连大拇指都没空着，两只胳膊各套了好几个手镯，准备出门去兜售。“看看谁敢找拉萨拉·戴维斯要发票！”她得意地笑着说。她挑了一家十分合适的珠宝店，名气不大却自视甚高，在那里，买和卖都不需要太多解释。虽然心中慌乱，她进门的时候却步履坚定。

一个苍白消瘦的店员穿着正装，夸张地弯下腰亲吻了她的手，等候她的吩咐。店内灯光十分强烈，加上到处都是镜子，比室外还要亮堂，整个儿看起来就像是一颗硕大的钻石。拉萨拉目不斜视地跟着店员走到最里面，生怕他看出自己的心虚。

那里放着三张路易十五式书桌，用作独立的展示台。店员邀她在其中一张前面坐下，往桌面上铺了一块洁白的帕子，然后在她对面坐下，等待着。

“有什么能为您效劳的？”

拉萨拉摘下戒指、手镯、项链、耳环，总之她佩戴的所有东西，像下棋一样一件一件摆放在桌面上，然后说她只想知道这些东西的真实价值。

店员给左眼戴上单片眼镜，开始检验这些珠宝，店里陷入了手术室般的寂静。过了很长时间，他一边继续手上的工作，一边问道：

“您是从哪儿来的？”

拉萨拉没料到他会问这样的问题。

“噢，我的天。”她叹息道，“我来自很远的地方。”

“我猜也是。”他说。

店里重归沉寂，拉萨拉金色的眼睛毫不留情地审视着他。他对那个钻石皇冠格外注意，把它跟其他珠宝分开，单独放在一边。

拉萨拉叹了口气。

“您真是个不折不扣的处女座。”她说。

店员没有抬头。

“您怎么知道的？”

“从您的言谈举止就能看出来。”拉萨拉说。

他没有对此发表任何评论，直到鉴定完毕，才跟先前一样不动声色地转向拉萨拉。

“这些东西是哪儿来的？”

“从一个祖母那里继承来的。”拉萨拉说，声音有些紧张，“她去年过世了，在帕拉马里博①，九十七岁高龄。”

店员直视她的眼睛。“我很遗憾。”他说，“但这些东西唯一的价值就是金子的分量。”他用指尖挑起皇冠，让它在灯下闪闪发光。

“除了这个。”他说，“这个非常古老，可能是埃及的，要不是光泽度不好，将会是件无价之宝。但不管怎么说，它还是有一定历史价值的。”

相反，其他首饰上的宝石，不管是紫水晶、绿宝石、红宝石，还是蛋白石，全都是假的，无一例外。“毫无疑问原先都是好东西，”店员说，一边收拾东西准备还给她，“但是经过一代又一代的传承，原来那些真正的宝石丢失了，被这些一文不值的玻璃替代。”拉萨拉感到一阵恶心，她深吸了一口气，克制住了恐慌。店员安慰她说：

①苏里南共和国首都和主要港口。

“这种情况很常见，女士。”

“我知道。”拉萨拉松了一口气，“所以我想把它们出手。”

这时候她已经不再感到心虚了，又做回了自己。她不再兜圈子，从包里掏出那些袖扣、怀表、领带夹、金银勋章，以及其他那些属于总统的不值钱的小物件，全都摆在桌上。

“这些也都卖吗？”店员问。

“全部。”拉萨拉说。

拿到手的瑞士法郎都是崭新的，拉萨拉甚至担心上面新鲜的墨迹会把手指弄脏。她接过钱并没有数。店员把她送到门口，重复了一遍进门时的问候仪式，在为她打开玻璃门的时候，他叫住了她。

“还有一件事，女士，”他说，“我是水瓶座的。”

傍晚，荷马和拉萨拉带着钱去了总统住的旅馆。数了又数，还差一点儿。于是总统摘下婚戒，拿出怀表，解下自己正在用的袖扣和领带夹放在床上。

拉萨拉把婚戒还给了他。

“这个不行。”她说，“这样的纪念物不能卖。”

总统顺从了，重新戴上戒指。拉萨拉又把怀表还给他。“这个也不行。”她说。总统不同意，但她坚持把它放回原处。

“在瑞士谁会想到卖表？”

“我们已经卖了一个了。”总统说。

“没错，但那个不是按表卖的，值钱的是金子。”

“这个也是金的。”总统说。

“是金的，”拉萨拉说，“但是您甚至可以不做手术，却不能不知道时间。”

还有一副金眼镜架，她也还给了他，虽然他还有一副玳瑁的。她掂量了一下手中的东西，然后不容置疑地说：

“再说，这些也够了。”

在离开前，她没有征询他的意见，就摘下晾着的湿衣服，打算拿回家烘干熨烫。荷马骑着小摩托，拉萨拉坐在后座，抱着他的腰。紫色的黄昏，华灯初上。风吹落了最后几片叶子，树木看起来像是光秃秃的化石。一辆卡车从罗达诺大街开过来，收音机巨大的音量划过街道，留下一道音乐的细流。乔治·布拉桑[①]唱道：“我的爱人，请牢牢抓住时间的缰绳，飞逝的时光如同阿提拉[②]的铁骑，所到之处，爱情一片荒芜。”[③]荷马和拉萨拉默默地前行，沉醉在歌声和令人难忘的风信子的味道中。过了一会儿，她才如梦初醒。

“真见鬼。”她说。

“什么？”

---

①乔治·布拉桑（1921－1981），法国歌手、诗人。

②阿提拉（约406－453），古代欧亚大陆最著名的匈人领袖，多次率军入侵东西罗马帝国。

③原文为法语。

“可怜的老头，”拉萨拉说，“过的什么鬼日子！”

接下来那个周五，也就是十月七日，总统接受了长达五小时的手术，术后的状况跟术前一样不明朗。事实上，对总统来说，唯一的安慰就是知道自己还活着。十天以后，他被转到了多人病房，允许探视。他像完全变了个人：苍白而茫然，稀疏的头发在枕头上摩擦一下都会掉落。过去优雅敏捷的肢体，现在只剩下双手还算灵活。第一次尝试靠两根矫形拐杖走路，结果令人沮丧。拉萨拉留下来睡在他床边，以省下请夜班护工的开支。头一天晚上，同病房的一个病人出于对死亡的恐惧哭喊了一夜。那些漫长的不眠之夜打消了拉萨拉最后的疑虑。

在到达日内瓦四个月后，总统出院了。一直小心翼翼地保管着他那点儿微薄积蓄的荷马支付了医院的费用，开着救护车，跟其他同事一起把他抬上了八楼。他被安顿在孩子们的卧室，这两个孩子，他从来都分不清谁是谁。慢慢地，他接受了现实，用军人般的毅力坚持进行康复训练，终于又能拄着那根手杖走路了。但就算穿上从前的华服，他也已经面目全非，不论是外貌还是言谈举止。由于害怕预报中说的严冬，虽然医生们认为应该再观察一段时间，他还是决定乘坐十二月十三日从马赛出发的轮船回家。事实证明，那确实是整个世纪最寒冷的冬天。到最后，他的积蓄还是不够支付所有开销，拉萨拉想要背着丈夫从为孩子们存的钱里拿出一些来贴补他，却发现那笔钱已经被动过了。荷马向她坦白，他背着她从里面取了一些钱来支付医院的费用。

“好吧。”拉萨拉无奈地说，“就当我们养了一个大儿子。”

十二月二号，漫天飞雪，他们把他送上了一辆开往马赛的火车，回到家时才发现孩子们的床头桌上放着一封告别信，里面有他的婚戒，以及他从未想过要卖掉的他亡妻的婚戒，送给芭芭拉，还有他的怀表，送给拉萨罗。那是一个周日，一些发现了这个秘密的加勒比邻居也赶到科尔纳万火车站，还请了一个维拉克鲁兹[①]竖琴乐队为他送行。总统穿着邋遢的大衣，围着拉萨拉的彩色长围巾，几乎喘不过气来。但是他一直站在最后一节车厢门口，冒着寒风，挥着帽子向大家告别。当火车开始加速，荷马突然发现总统的手杖还在自己手中，于是跑到站台尽头，把手杖用力扔过去，希望总统能在半空中接住。但是手杖掉在了铁轨上，随即被碾得粉碎。那真是恐怖的一瞬。拉萨拉看到的最后一幕是那只颤抖的手伸向空中，试图抓住那根终究没能够到的手杖，幸亏乘警及时抓住了他的围巾，这位满身是雪的老人才没有摔下去。拉萨拉惊恐地跑向丈夫，努力从眼泪中挤出一丝微笑。

“我的天啊！”她喊道，“这家伙真是命大！”

他发来一通长长的感谢电报，告诉他们他平安地回到了家。在之后一年多的时间里，他杳无音信。最后他们终于收到一封长

①墨西哥港口城市。

达六页的手写信，信中的他同之前已经判若两人。身体的疼痛又回来了，和从前一样剧烈而准时。但他决定置之不理，坦然接受命运的安排。诗人艾梅·塞泽尔又送给他一根镶珍珠母贝的手杖，但他决心不再依靠手杖。从六个月前开始，他常常吃肉和各种海鲜，一天最多能喝二十杯黑咖啡，但是再也不看杯托上咖啡渣的排布了，因为从前那些预言最后被证明同事实正好相反。在七十五岁生日那天，他喝了几杯马提尼克精工细酿的朗姆酒，感觉非常好，而且又开始抽烟了。当然，他的身体状况并没有改善，但也没有恶化。不过，这封信的真实意图是想告诉他们，为了一项正义的事业和一个有尊严的祖国，他想回到故乡，投身革新运动的最前线，哪怕只能落个没老死在病榻上这种微不足道的名声。从这个意义上来说，信里总结道，日内瓦之旅是天意。

一九七九年六月

圣女

La santa

二十二年后，我与马格里多·杜阿尔特重逢了。他突然出现在特拉斯提弗列[1]一条隐秘的小巷里，生涩的西班牙语和那种老罗马人的乐观使我一时间没认出他来。他头发稀疏花白，身上丝毫不见当年那个初到罗马时举止阴郁、一身黑衣的安第斯知识分子的痕迹。但在谈话的过程中，透过岁月的扭曲和欺骗，我一点一点找回了过去的他：神秘，难以捉摸，像石匠一样顽强。在我们以前常去的一家酒吧里，喝完了一杯咖啡，我终于鼓足勇气问出了一直在啃噬我内心的那个问题：

“圣女怎么样了？”

“还在那里，”他回答说，“等待着。”

只有我和男高音歌唱家拉斐尔·里维罗·席尔瓦能够理解这个答案有多么沉重。我们对他的故事如此了解，以至于在很多年中

①罗马第十三区，位于台伯河西岸，梵蒂冈以南。

我一直觉得，马格里多·杜阿尔特就是那种等待作家慧眼识珠的角色，也是小说家一辈子苦苦寻找的那种主人公。而我一直没有写这个题材，是因为无法想象故事的结局。

他在一个阳光明媚的春天来到罗马，当时教皇庇护十二世[①]正饱受打嗝之苦，各路名医庸医都束手无策，连巫师也无能为力。那是马格里多·杜阿尔特第一次离开哥伦比亚安第斯地区托利马省那个地势陡峭的村庄，而这一点从他睡觉的姿势就能看出来。一天上午，他来到哥伦比亚驻罗马领事馆，随身带着一个抛光过的松木箱子，从形状和大小来看，像是大提琴箱。他向领事讲述了令人诧异的来访原因，于是领事给他的同乡，也就是男高音歌唱家拉斐尔·里维罗·席尔瓦打电话，请他帮忙在我们住的公寓里找一个房间。我们就这样认识了。

马格里多·杜阿尔特连小学都没毕业，但他从事的职业离不开美丽的文字，通过如饥似渴地阅读能接触到的印刷品，他获得了进一步的教育。十八岁时，在市政府做书记员的他娶了一个美丽的女孩。但是在生下第一个女儿之后没多久，他妻子就去世了。这个女儿比母亲更美丽，然而在七岁那年，因为一场高烧夭折了。不过，真正属于马格里多·杜阿尔特的故事在他来到罗马之前六个月才开始。那时候，他的家乡要建一座堤坝，他不得不为死去的家人迁坟。和该地区其他居民一样，马格里多把亡人的遗骨掘

①庇护十二世（1876–1958），罗马教皇，1939 年至 1958 年在位。

出来，准备安葬到新墓地去。他的妻子早已化为尘土，而在相邻的墓穴中，夭折的小姑娘却在十一年后依然容颜未改，开棺时甚至可以感觉到安葬时放入棺中的新鲜玫瑰的气息。而最令人惊讶的是，她的身体完全没有了重量。

这个奇迹一传十，十传百，吸引来成百上千好奇的人，村子里挤得水泄不通。毫无疑问，躯体经久不腐是圣女显灵的明确征兆。连教区主教都认为，这样的奇迹应该呈报梵蒂冈，听听教廷的意见。因此大家筹集了一笔钱，让马格里多·杜阿尔特来到罗马，为一项已经不仅仅是他个人的，也不仅仅是他们村的，而是整个国家的事业去奋斗。

在平静的帕里奥利区的那栋公寓里，马格里多·杜阿尔特一边向我们讲述他的故事，一边取下挂锁，打开那个精致的箱子。就这样，我和男高音歌唱家里维罗·席尔瓦参与了这个奇迹。她跟我们在世界上很多博物馆里看到的那些干瘪的木乃伊毫无相似之处。一个穿着婚纱的小女孩，在地下长眠多年之后依然沉睡不醒。她的皮肤光洁温润，睁开的双眼十分清澈，这种感觉让人无法承受：她仿佛正从死亡那一边看着我们。头冠上的缎子和假花在岁月的流逝中没能像皮肤一样保存完好，但当初放在她手中的玫瑰鲜活依旧。当我们把她的身体取出来时，松木箱子的重量确实没有发生变化。

马格里多·杜阿尔特在到达的第二天就开始四处奔走。起初，出于同情，外交人员还给予协助，无奈效率不高。之后他就靠着自己能想出来的招数克服梵蒂冈的重重障碍。他一直闭口不谈自己的努力，但大家都知道他做了很多却徒劳无功。他联络了所有能找到的宗教团体和人道组织，在这些地方人们聚精会神地听他讲述，却并不表示惊奇。他们承诺尽快帮他运作，但这些承诺从未兑现。事实上，他来得不是时候。所有跟圣座有关的事宜都被搁置了，因为教皇的打嗝危机仍未解除，不但最高超的医学手段束手无策，世界各地送来的巫术偏方也都毫无效果。

终于，七月份的时候教皇庇护十二世痊愈了，去了甘多尔福堡避暑。他一回来，马格里多就带着圣女去了每周一次的接见现场，希望能够向他展示。教皇出现在内院，他所在的阳台很低，马格里多不但能看到他修剪得十分精致的指甲，而且几乎能闻到他呼吸中的薰衣草味。但是，他并没有像马格里多期待的那样，在来自世界各地的朝见者中走一圈，而只是用六种语言发表了一段同样内容的演说，然后就结束了这次公开祈福。

在经历了这么多周折之后，马格里多决定独自面对这些事情。他向教廷国务院递交了一封近六十页的手写信，没有收到任何回复。他已经预料到了，因为接受这封信的官员完全是在例行公事，几乎懒得正眼看一下这个死去的女孩，经过的职员们看到圣女也没有表现出任何兴趣。其中一人告诉他，上一年他们收到的请求为不腐尸体加封圣号的信件有八百多封，来自世界各地。最后，马格里多请求他验证一下，圣女完全没有重量，这位官员掂量了一下，却不肯予以承认。

“这必须听听大家的意见。”他说。

在不多的空闲时间和夏日炎热的周日，马格里多总是待在房间里，废寝忘食地阅读任何在他看来有助于完成自己事业的书。每个月底，他自觉地在一个学生用的作业本上用首席书记员过分雕琢的书法事无巨细地列出所有开支，以便向家乡的赞助者们提供严格而及时的账目。到那年年底，他对罗马迷宫般的大街小巷已经了如指掌，像是打出生就在这里一样。他能说几句简单的意大利语，词汇量跟他的安第斯西班牙语一样有限。但是关于封谥圣号的程序，他同最懂行的人知道得一样多。但是，又过了很长时间，他才肯换下那一身丧服，脱掉马甲，摘下法官一样的帽子。在当年的罗马，这身行头只有一些怀着不可告人的目的的秘密组织成员才会穿戴。每天早上，他很早就带着装圣女的箱子出门，有时候晚上很晚才回来，筋疲力尽，垂头丧气，但心里总是存着一线希望，这希望使他第二天能鼓足勇气再次出发。

“圣人们活在他们自己的时间里。”他说。

我那时是第一次来到罗马，在电影实验中心学习，见证了他令人终生难忘的受难过程。我们租住的事实上是一套距博尔盖塞别墅[①]只有几步之遥的现代化公寓，女主人占了两间卧室，把其

①位于罗马古城以北的大型景观园林，原为意大利红衣主教希皮奥内·博尔盖塞（1577－1633）的私人别墅。

余四个房间出租给外国学生。我们管她叫“美人儿玛利亚”，她秋华正盛，很漂亮，但喜怒无常。她一贯忠实执行那条神圣的准则：每个人在自己房间里都是绝对的主人。事实上，操持日常生活的是她的大姐安东涅塔阿姨，她简直是一位没有翅膀的天使：每天工作很多个小时，到哪儿都带着清洁桶和草编的笤帚，把公寓的大理石地板擦到亮得不可思议。她教我们吃会唱歌的小鸟，那是她丈夫巴尔托利诺抓回来的，当然，这是他们在战争期间养成的坏习惯。最后，当马格里多的旅费不够支付公寓租金的时候，巴尔托利诺把他带回了自己家。

事实上，那套毫无章法的公寓并不适合马格里多的性格气质。每时每刻，公寓里都在发生新鲜事，包括清晨，那时博尔盖塞别墅动物园里的狮子会发出惊天动地的吼声叫醒我们。男高音歌唱家里维多·席尔瓦有一项特权，他每天的晨练并不会引起附近居民的不满。他清晨六点起床，用冰水洗个药浴，修剪一番他梅菲斯特[①]似的胡子和眉毛，穿戴好苏格兰格子长袍和中国丝绸围巾，喷上古龙水，这才全心全意地投入歌唱练习。即使冬日星辰还在天上闪烁，他也把房间的窗户全部打开，先用爱情大咏叹调逐渐升高的音符预热嗓子，直到声音毫无保留地释放出来。他每天的期待是，当他从胸腔里发出“do”的时候，博尔盖塞别墅的狮子用一声地动山摇的咆哮与他遥相呼应。

---

①歌德作品《浮士德》中的魔鬼。

“你真是圣马可[①]再世，我的孩子！”安东涅塔发自内心地惊呼道，“只有他能和狮子对话。”

但有一天早上，出来呼应他的不是狮子。那天，我们的男高音以《奥赛罗》[②]中深情的二重唱《夜深沉》开始。突然，从院子深处传来一个优美的女高音与他相和。里维多·席尔瓦接了下去，两个人唱完了整首曲子，周围的住户听得如痴如醉，纷纷打开窗户，让那无可抵挡的爱的洪流净化自己的家。当里维多·席尔瓦知道那位只闻其声不见其人的黛丝德蒙娜[③]不是别人，正是伟大的歌唱家玛利亚·卡尼利亚[④]时，差点儿昏厥过去。

在我的印象里，正是那个小插曲给了马格里多·杜阿尔特动力来融入公寓的生活。从那时起，他跟大家一起坐在餐桌旁吃饭，而不像以前那样躲在厨房。在餐桌上，安东涅塔阿姨几乎每天都会用最拿手的炖小鸟犒劳他。饭后，为了使我们习惯意大利语发音，美人儿玛利亚给我们读当天的报纸，她随意幽默的新闻评论为我们的生活增添了不少乐趣。有一天，在提到圣女时，她说在巴勒莫[⑤]有一座巨大的博物馆，陈列着很多不腐的尸体，有男有女，

---

①《新约·马可福音》的作者。传说圣马可曾被扔进狮群，但狮子拒绝吃他，反而让他抚摸，睡在他脚下。他的圣人象征为“旷野中的狮子”，或身旁跟着有翼狮子的人。
②意大利作曲家威尔第（1813－1901）根据莎士比亚著名悲剧《奥赛罗》改编的歌剧。
③《奥赛罗》中的女主角，将军奥赛罗的妻子。
④玛利亚·卡尼利亚（1905－1979），意大利著名歌剧女高音歌唱家。
⑤意大利西西里岛首府。

有孩子，甚至还有几个大主教，都是从嘉布遣会[①]的一个墓穴里挖出来的。这个消息让马格里多坐立不安，直到我们去了趟巴勒莫。在到处陈列着干枯木乃伊的令人喘不过气来的展厅转了一圈之后，他放下心来。

“不是一回事儿。”他说，“这些人一看就知道已经死了。”

八月份，午饭过后，整个罗马都昏昏欲睡。正午的骄阳一动不动地挂在天空，在下午两点的寂静中只能听到潺潺的水声，那是罗马最自然的声音。但是到了晚上七点，清凉的空气开始流动，家家户户都打开窗户，透气纳凉。在摩托车的突突声、西瓜小贩的叫卖声和露台上花丛里的情歌声中，人们兴高采烈地涌上街头，心无旁骛地享受生活的欢愉。

我和里维多·席尔瓦不午睡。他骑着小摩托，我坐在后座，给在博尔盖塞别墅的百年月桂树下走来走去、迎着大太阳等待失眠的游客的年轻妓女送去冰激凌和巧克力。她们漂亮、贫穷、热情，跟那时候大多数意大利女人一样，穿着蓝色的薄纱、玫红色的塔夫绸、绿色的亚麻，打着阳伞。那些阳伞经过多年战争的洗礼已经变得陈旧斑驳。和她们在一起真的很快乐，因为彼时她们把自己的职业规矩丢到一边，冒着错过某个大主顾的危险，跟我们去街角的酒吧喝着咖啡畅聊，或者坐在租来的彩车里沿着公园的小路兜风，或者为那些被赶下台的国王及其不幸的情人们嗟叹一番，

①罗马天主教方济各会的一个分支。

从前他们总在傍晚时分在跑马场[1]扬鞭纵马。我们还不止一次为她们充当翻译，同某个毫不掩饰意图的外国佬谈生意。

但我们带马格里多·杜阿尔特去博尔盖塞别墅并不是为了她们，而是要带他去认识一下那头狮子。它自由自在地居住在一个小小的荒岛上，四面都是深深的壕沟。一看到我们出现在对岸，它就开始不安地吼叫，连饲养员都觉得奇怪。公园里的游客们惊讶地围拢过来。男高音歌唱家试图用他每天早晨那中气十足的“do”来向狮子表明身份，但狮子毫不理睬。虽然看上去它是不加区分地对着我们所有人大吼，但饲养员立刻就发现，它只对着马格里多吼叫。没错，他移动，狮子也跟着移动，而只要他藏起来，狮子就会安静下来。狮子的饲养员，同时也是锡耶纳大学古典文学的博士，觉得马格里多当天肯定跟其他狮子在一起待过，身上沾染了其他狮子的气味。除了这个并不成立的解释，他想不出别的理由。

“不管怎么样，”他说，“这是表示同情的吼叫，不是宣战。”

然而，让男高音歌唱家里维多·席尔瓦印象深刻的并不是那超自然的一幕，而是他们停下来和公园里那些女孩交谈时马格里多手足无措的样子。他在饭桌上评论了这件事，而我们其他人，有的出于戏谑，有的出于同情，都一致认为，如果能帮助马格里多排遣寂寞，那将是一件好事。美人儿玛利亚也被我们的好心肠感动了，她用堆满五光十色戒指的双手捂住自己傲人的胸脯。

---

①原文为意大利语。

“出于怜悯，我本来可以帮帮他。”她说，“但我实在无法接受和穿马甲的男人上床。”

就这样，下午两点，里维多·席尔瓦去了博尔盖塞别墅，用他的小摩托载回了他认为最适合给予马格里多·杜阿尔特一小时销魂时光的女孩。他让她在自己的房间脱光衣服，用香皂给她洗了澡，擦干，喷了点儿古龙水，还用自己含樟脑的须后爽肤粉涂遍她全身。最后，他付了刚才所花时间外加一小时的钱，并一字一句地面授机宜，告诉她该怎么做。

这个一丝不挂的漂亮女孩儿踮着脚尖穿过昏暗的房子，像是梦境中的幽灵，在最里面的房门上轻轻敲了两下。马格里多·杜阿尔特光着脚，赤裸着上身，打开门。

“晚上好，年轻人。”她用女学生的声调和语气说，“是男高音歌唱家叫我来的。”[①]

马格里多一本正经地接待了这位意外的访客。他打开门让她进来，她躺倒在他的床上，他则匆忙套上衬衫，穿上鞋子，以示对她的尊重。然后他在她身旁的一把椅子上坐下，开始和她聊天。女孩很惊讶，劝他抓紧时间，因为只有一个小时。但他却一直装糊涂。

后来那个女孩说，她当时真的想让他愿意聊多久就聊多久，而且不收一分钱，因为世界上不可能有比他更守礼的男人了。由于感到无所事事，她用目光扫视房间，发现了放在壁炉上的木头箱子。

①妓女的话原文为意大利语。

她问那是不是萨克斯。马格里多没有回答，而是把百叶窗拉开一点儿，好让屋里进来一些光线，然后把箱子抱到床边，打开盖子。那女孩试图说点儿什么，但合不拢嘴。或者就像她后来跟我们说的：连屁股都愣住了。[1] 她落荒而逃，但跑进走廊时弄错了方向，正好撞上要去我房间换灯泡的安东涅塔阿姨。两人都吓了一跳，以至于那个女孩一直不敢离开里维多·席尔瓦的房间，直到深夜。

安东涅塔阿姨后来一直都不知道究竟发生了什么事。进我房间的时候，她吓得两手发抖，没有办法拧灯泡。我问她发生了什么事。“这座房子里有鬼，”她说，“现在居然大白天就出来了。”她非常确定地跟我说，在战争期间，就在男高音歌唱家住的那个房间里，一个德国军官把他情人的头给砍了下来。在打扫房子的时候，她有好几次看到那个女鬼蹑手蹑脚地在走廊里走动。

“我刚看见她光着身子在走廊里跑。”她说，“一模一样！”

秋天到了，罗马又恢复了一贯的作息。随着第一阵秋风扫过，夏天里鲜花盛开的露台纷纷关闭了。我和里维多·席尔瓦又开始光顾特拉斯提弗列那家老旧的小餐馆。卡洛·卡尔卡尼[2] 伯爵的音乐系学生和我在电影学院的一些同学是这里的常客。我的同学中最常来的是拉基斯，一个聪明又和善的希腊人，他唯一讨人厌的地方就是经常发表一些痛斥社会不公的演说，令人昏昏欲睡。幸

①原文为意大利语。

②卡洛·卡尔卡尼（1842－1888），意大利音乐家。

好只要我们的男高音女高音歌唱家们一展歌喉，那些美妙的歌剧几乎总能令他偃旗息鼓，而且就算是在深夜也不会引起任何人的反感。相反，一些夜间外出的路人会加入到合唱中，而附近的居民则打开窗户鼓掌喝彩。

一天晚上，我们正在唱歌，马格里多轻手轻脚地走进来，生怕惊扰我们。他依然带着那只松木箱子，因为向圣胡安·德拉特朗大教堂[①]的神父展示过圣女之后，还没来得及送回公寓。这位神父在圣礼会的影响力人尽皆知。我用余光看到他把箱子放到角落里的一张桌子下面，然后坐下来，这时候我们正好唱完了。跟平时一样，一到午夜时分，餐馆里开始变得空旷，我们把几张桌子拼起来，之前在唱歌的，加上我们这些谈论电影的，以及所有人的朋友，都聚在一起。马格里多·杜阿尔特亦在其中。大家都知道他是那个沉默而忧伤的哥伦比亚人，但都对他毫无了解。拉基斯好奇地问他是不是会拉大提琴。我吃了一惊，觉得他的问题很冒失，也很难搪塞。里维多·席尔瓦跟我一样浑身不自在，但也没能化解这个尴尬的局面。唯一神情自若地面对这个问题的是马格里多本人。

“这不是大提琴，”他说，“是圣女。”

他把箱子放到桌上，打开挂锁，掀开盖子。整个餐馆的空气一下子凝固了。其他没走的顾客、服务员，最后连围裙上血迹斑

①世界上第一座天主教堂。

斑的厨工们都出来了，目瞪口呆地聚集在一起瞻仰这个奇迹。有些人画着十字，一个女厨工双手合十跪下，一边像发高烧似的瑟瑟发抖，一边默默祷告。

然而，最初的震惊过后，我们陷入了一场声嘶力竭的争论，主题是这个时代神圣的缺乏。拉基斯自然是最激进的一个。但到最后，他唯一讲清楚的提议是以圣女为题材拍一部批判电影。

“我敢肯定，”他说，“老切萨雷不会放过这个题材。”

他指的是我们的情节和剧本老师切萨雷·扎瓦蒂尼[①]。他是电影史上的重要人物之一，也是唯一一个在课堂之外同我们保持着私人关系的老师，他希望在向我们传授技艺的同时，也教给我们一种不同的看待生活的方式。他简直是一架编剧机器，情节自发地从他脑袋里涌出来，几乎不受他本人控制。而且这些灵感总是来得太急，他不得不求助他人：他大声讲出他想到的，其他人则记下这些稍纵即逝的念头。只有全都讲出来，他才能平静下来。“真遗憾，它们不得不被送上大银幕。”他说。因为他认为，被拍成电影后，这些情节会丧失很多原始的魔力。他把这些想法都记在卡片上，按照题材分类，用大头针钉在墙上。这样的卡片越来越多，占据了他家整整一个房间。

接下来那个周六，我们带着马格里多·杜阿尔特去拜访他，并事先打电话说了我们的主意。这个题材是如此吸引他，我们到

---

①切萨雷·扎瓦蒂尼（1902－1989），意大利剧作家，新现实主义电影理论家和倡导者。

达的时候，他已经在安吉拉·梅里西大街住所的大门口焦急地等着了。他顾不上像平时一样和蔼地和我们打招呼，直接把马格里多带到一张准备好的桌子旁，然后亲手打开了箱子。接下来发生的事出乎所有人的预料。我们原本以为他会为之疯狂，但他的脑子似乎突然停摆了。

“难以置信。”[①] 他惊魂未定地喃喃自语。

他注视着圣女，沉默了两三分钟，亲手合上箱子，一句话也没说，像领着一个学步的孩子一样把马格里多领到门口，告别时在他背上轻轻地拍了几下。“谢谢，孩子，非常感谢。”他说，“上帝与你同在，陪你一起战斗。”然后他关上门，转向我们，宣布了判决。

“这不适合拍成电影。”他说，“没有人会相信。”

在回家的电车上，我们还在回味这个出人意料的结局。既然他这么说了，那就没什么可怀疑的了：这个题材不适合拍电影。然而，我们刚回到公寓，美人儿玛利亚就转达了扎瓦蒂尼的紧急口信，让我们当天晚上去找他，但不要带马格里多。

我们到达的时候，他正处于极度亢奋的状态。拉基斯带来了两三个同学，但他开门时似乎根本没看见他们。

“有了！”他大声喊道，“如果马格里多能实现奇迹，让圣女复活，这部电影将是一枚重磅炸弹。”

“在电影里还是在现实生活中？”我问。

---

①原文为意大利语。

他强压不快。“别傻了。”他说。但是，马上我们就看到他眼中闪烁着光芒，好像又冒出了一个诱人的想法。“除非能在现实生活中让她复活。”他说，然后很严肃地思索道：

“不妨一试。”

但这不过是一闪而过的念头。他回到正题，开始在房间里走来走去，像个快乐的疯子，手舞足蹈地大声讲述他的电影。我们听得如坠云雾，一幅幅画面好像一群群发光的小鸟四散奔逃，在屋里疯狂地飞来飞去。

“一天晚上，”他说，“那时候已有二十位教皇相继离世，却从来没有哪个接见过他们。年迈的马格里多筋疲力尽地回到家，打开箱子，抚摸着死去的小女孩的脸，用全世界最温柔的声音对她说：‘看在父爱的分上，我的女儿，站起来吧！’”

他看着我们所有人，用一个胜利的手势结束了畅想：

“于是小女孩就站起来了！”

他一定期待我们有所反应。但我们太困惑了，不知道该说什么。除了希腊人拉基斯，他像在课堂上一样，举手请求发言。

“我的问题是，我没办法相信。”他说，在我们惊讶的目光中，他直视着扎瓦蒂尼，“原谅我，老师，但是我不相信。”

这下轮到扎瓦蒂尼目瞪口呆了。

“为什么不信？”

“我怎么知道。”拉基斯烦躁地说，“这不可能。”

“见鬼!”[1] 老师的咆哮估计整个社区的人都能听到,“这就是斯大林主义最让我厌烦的地方:不相信现实。”

马格里多亲口告诉我,在接下来的十五年中,他每年都带着圣女前往甘多尔福堡,看看有没有机会展示她。在一次约有两百名拉丁美洲信徒参加的接见会上,夹在推推攘攘的人群中,他终于得以向仁慈的若望二十三世[2] 讲述自己的故事。但他没能向教皇展示圣女,由于现场的安保措施,他不得不把箱子留在入口处,同其他信徒的行囊堆在一起。在人群中,教皇尽量专注地听完了他的讲述,然后轻轻地拍了拍他的脸颊,以示鼓励。

“做得好,我的孩子。”[3] 他说,“上帝会回报你的坚持。”

然而,他真正感到离实现梦想只有一步之遥,是在永远面带微笑的阿尔比诺·卢恰尼[4] 短暂的任期内。这位教皇的某个亲戚被马格里多的故事打动了,承诺帮他转达。当时谁也没放在心上。但是两天后,大家都在吃午饭的时候,有人来敲公寓的门,给马格里多捎来一个简短的口信:不要离开罗马,在周四前梵蒂冈会召见他,而且是私人接见。

最终也没有人知道那究竟是不是一个玩笑。但马格里多不这么认为,他一直保持警醒,寸步不离公寓。即使不得不去上厕所,

①③原文为意大利语。

②若望二十三世(1881－1963),罗马教皇,1958 年至 1963 年在位。

④教皇若望·保禄一世(1912－1978)的原名。

他也会大声宣布："我去上厕所！"踩在老年门槛上的玛利亚魅力依旧，每当这时就会发出单身女人那种肆无忌惮的大笑。

"知道啦，马格里多。"她喊道，"万一教皇召见你。"

第二个星期，离口信里通知的日期只剩两天的时候，有人从门底下塞进来一张报纸，马格里多一看到大标题就瘫倒了：教皇驾崩。有一瞬间，他徒劳地希望这是一张送错的过期报纸，因为每个月死一个教皇，这实在令人难以置信。但事实正是如此：永远面带微笑的阿尔比诺·卢恰尼，三十三天前刚刚当选的新教皇，天亮时被发现死在了床上。

认识马格里多·杜阿尔特二十二年以后，我回到了罗马。如果不是偶遇，我也许都不会想起他。岁月的蹂躏让我背负了太多，根本无暇顾及他人。那天一直下着黏黏糊糊的小雨，浑浊如温汤，旧日时光钻石般的光芒也变得暗淡，那些曾经熟悉的、时时牵动我乡愁的地方都已变得陌生而遥远。那套公寓所在的那栋楼面貌依旧，但是没有人知道美人儿玛利亚的消息。男高音歌唱家里维罗·席尔瓦在过去那些年中留给我的六个电话号码全都无人接听。有一次，跟一帮年轻的电影人共进午餐时，我回忆起我的老师，有一会儿整桌人突然都不说话了，直到有人壮着胆子说：

"扎瓦蒂尼？从来没有听说过。"[1]

没错：谁也没有听说过这个人。博尔盖塞别墅的大树在雨中

①原文为意大利语。

显得乱蓬蓬的，落魄公主们的跑马场上长满了无花的低矮灌木。从前的漂亮女孩们被穿得雌雄难辨、毫无品位的运动员一样的女人所代替。已经荒废的动物园里，唯一的幸存者是那头老狮子，浑身长满疥疮，在臭水沟环绕的小岛上瑟瑟发抖。西班牙广场那些装修一新的餐馆里，没有人唱歌，也没有人爱得死去活来。我们怀念的那个罗马已经成了恺撒们的古罗马城中的另一个古罗马城。突然，一个仿佛来自遥远地方的声音让我在特拉斯提弗列的一条小巷里猛地停住了脚步。

“你好啊，诗人。”

是他，他老了，满脸疲倦。已经有五个教皇去世了，不朽的罗马开始显露出颓败的征兆，而他还在等待。我们一起度过了近四个小时的怀旧时光。“我已经等了这么久，应该不会太遥远了。”分别的时候他说，“可能也就是几个月的事了。”他拖着疲惫的脚步走在路中间，穿着军靴，戴着那顶褪色的老罗马人的帽子，毫不在意雨后路上的水洼，里面的积水反射的光线开始暗下来。于是我心中再无疑问，如果曾经有过的话：真正的圣人是他。不知不觉，通过女儿不腐的身躯，他为完成自身加入圣人之列这项无可非议的事业已经奋斗了二十二年。

一九八一年八月

睡美人航班

El avión de la bella durmiente

她很美，身手灵活，面包色的柔嫩肌肤，杏仁绿的眼睛，头发又黑又直，披在背上。她身上有一种古典气质，可能是印度尼西亚的，也可能是安第斯山脉的。她的穿着显示出她精致的品位：猞猁皮外套，暗花真丝衬衫，亚麻色长裤，线条优美的玫红色高跟鞋。看到她如母狮般悄无声息地经过时，我暗想："这是我一生中见过的最美的女人。"那时我正在巴黎戴高乐机场排队登机，准备飞往纽约。她仙女般的身影如惊鸿掠过，消失在大厅熙熙攘攘的人群中。

那时正是早上九点。从头天晚上开始巴黎就一直在下雪，城里的道路比平日更加拥堵，而高速公路的状况甚至更糟，载货卡车在最外侧的车道排成长龙，小汽车则在雪中冒着白烟。但机场大厅仍是一派春意盎然的景象。

我在队伍中等着换登机牌，前面是一个荷兰老太太，为了她那十一件行李的重量问题跟工作人员争执了近一个小时。正当我开始觉得百无聊赖的时候，那个身影一闪而过，让我呼吸骤停，甚至不知道前面那场争吵是如何收场的，直到工作人员的一句责备把我从云端拉回来。为了表示歉意，我问她是否相信一见钟情。“当然，”她说，“你不可能以别种方式陷入爱情。”她一直盯着电脑屏幕，问我想要什么样的座位，吸烟区还是无烟区。

“无所谓。”我刻意说，“只要别把我安排在那十一件行李旁边就行。”

她用一个职业的微笑表示了感谢，目光仍然没有离开闪烁的屏幕。

“挑一下座位号。”她说，“三、四和七。”

“四。”

她的微笑中闪过一丝得意。

“我在这儿工作了十五年，”她说，“第一次有人没有选七。”

她给登机牌打上座位号，同我的其他证件一起递给我。这是她第一次抬头看我，那双黑葡萄般的眼睛让我在和刚才那位美人重逢之前感到些许慰藉。直到这时她才提醒我，机场刚刚关闭了，所有的航班都推迟了。

“推迟到什么时候？”

“上帝愿意的时候。”她微笑着说，“今早的广播说这将是今年最大的一场雪。”

他们错了：那是整个世纪最大的一场雪。但贵宾候机室里洋溢着浓浓春意：花瓶里插着新鲜的玫瑰花，甚至播放的音乐都是那样高贵安详，一如创作者的初衷。我突然想到，对于那位美人来说，这里是合适的栖身之所。于是我去了另外几个候机室寻找她，脸皮厚得连我自己都感到震惊。但是那里坐的大都是世俗的男人和他们的太太，男人们读着英文报纸，女人们一边透过全景玻璃眺望雪中一动不动的飞机、冰封的工厂和鲁瓦西[①]被强权毁掉的辽阔耕地，一边想着别的男人。到了下午，候机室里已经挤得水泄不通，闷热得令人无法忍受，于是我逃了出去，好呼吸一下新鲜空气。

在外面，我看到了一幅令人震惊的场景。挤不进候机室的形形色色的旅客在令人窒息的走廊甚至是楼梯上安营扎寨，跟宠物、孩子和行李一起躺在地上。原来，机场跟城里的交通也中断了，这个透明的塑料宫殿看起来像是一个搁浅在风暴中的巨大的太空舱。那位美人一定也在这些乱糟糟的、无精打采的人群中的某个地方！我无法遏制这个念头，这样的幻想让我重新打起精神来继续等待。

到了午饭时间，大家都体会到了什么叫作难民。机场的七个餐厅、咖啡馆和酒吧都挤满了人，门口长长的队伍望不到头。不到三个小时他们就不得不关门歇业，因为实在没有什么可供人吃

---

①巴黎北部市镇，戴高乐机场的主要所在地，机场建立之前大部分面积是耕地。

喝了。孩子们同时开始啼哭，那一瞬间好像全世界的孩子都集中到了这里。一种畜群的气味开始在人群中扩散，到了解决生理需要的时间。我唯一抢到的食物是一家儿童商店里的最后两杯奶油冰激凌。店里的顾客渐渐散去，服务员开始把椅子倒扣在桌子上。我在吧台慢慢地吃着冰激凌，从远处的镜子里看到自己手里拿着最后一个纸杯和最后一把纸勺，想着我的美人。

原定于上午十一点飞往纽约的航班终于在晚上八点起飞了。当我总算走进机舱时，头等舱的旅客都已落座。一位空姐把我带到我的座位旁。那一刻我的呼吸都停止了。在我的邻座，舷窗旁边，那位美人正在整理她的座位，俨然是专家级的空中飞人。我暗想："如果有一天我把这番经历写下来，没有人会相信。"我犹疑着用半生不熟的法语打了个招呼，她没有注意到。

她把座位布置得就像要在这儿住上好几年一样，每样东西都整齐地放到各自的位置，直到这个小小的空间变得像个理想居所，一切都触手可及。就在她收拾的时候，男空乘送来了迎客香槟。我端起一杯想递给她，但幸好及时改变了主意，因为她只想要一杯白水。她先是用难以听懂的法语，然后又用并不比法语好多少的英语，要求男空乘在飞行过程中不要因为任何理由叫醒她。她的嗓音沉郁而温和，带着一种东方式的忧伤。

等水送到，她把一个四角包铜、像是老祖母的古董箱的梳妆盒放在膝盖上打开，从里面一个小匣子里一堆五颜六色的药片中拿出两片金色的。所有这一切她做得有条不紊，仿佛从出生起就没有什么事情不在她意料之中。最后，她拉下舷窗的帘子，把椅背调到最低，没有脱鞋，把毯子拉到腰际，戴上眼罩，背对着我侧躺在座椅上，开始睡觉。在飞往纽约的漫长的八小时十二分钟里，没有醒过一次，没有发出过一声叹息，也丝毫没有变换过姿势。

那是一段令人激动的旅程。我一直认为自然界中没有什么能比佳人更美，所以，我完全没有办法逃离这个在我身边熟睡的来自神话中的精灵的魔力，哪怕只是一瞬间。飞机刚一起飞，那位男空乘就消失了，取而代之的是一位秉承笛卡尔怀疑主义哲学的空姐。她试图叫醒美人，把洗漱用品和听音乐的耳机交给她。我向她转述了美人对之前那位男空乘说过的话，但这位空姐非要听到她亲口宣布连晚饭也不想吃，最后那位男空乘不得不亲自向她证实此事。即便如此，她还是怪我多事，因为美人没有在脖子上挂上“请勿叫醒”的小纸牌。

我孤独地享用了晚餐，心中默念着如果美人醒着我会对她说的话。她的梦是如此平静，有一会儿我甚至担心她吃那些药片不是为了睡眠，而是为了死亡。在喝每一口酒之前，我都举杯向她致辞：

“祝你健康，美人。”

晚餐过后，客舱的灯都熄灭了，屏幕上开始播放无人欣赏的电影，我们两人在幽暗中独处。本世纪最大的暴风雪已经过去了，大西洋上无边无际的夜空明净清澈，飞机似乎浮在星辰间静止不动。在之后的几个小时里，我得以一寸一寸地仔细欣赏她。在她身上唯一能觉察到的生命迹象是她眉间掠过的梦的影子，就像云朵在水中的投影。她脖子上戴着一根极细的链子，在金色的皮肤上几乎看不见。她的耳朵形状完美，没有耳洞，指甲泛着健康的玫瑰色光泽，左手上戴着一枚素圈指环。因为她看上去最多二十岁，我安慰自己说，这不是婚戒，只代表一段不会天长地久的恋情。借着香槟带来的微醺，我一遍遍地默诵赫拉尔多·迭戈[1]那首精妙的十四行诗："知道你已入睡，平静，安详／模糊的容颜，纯净的线条／如此贴近，我却被捆缚双手。"随后，我把椅背调到跟她一样的高度。我们肩并肩躺在一起，比在一张双人床上的距离还要近。她呼出的气息同她的嗓音一样醇美，她的皮肤散发出一种若有若无的气息，那一定是美丽自身的味道。这一切让我觉得难以置信：去年春天我读了一本川端康成的唯美小说[2]，书中描写东京大资产阶级的老男人们不惜豪掷千金，只为了能整夜端详城里最美丽的女孩，她们全身赤裸，在药物的作用下昏睡，而他们则在同一张床上苦苦忍受爱的煎熬。他们不可以叫醒她们，也不能触摸，甚至没有意愿这么做，因为这种快感的精华就在于看着她们熟睡。那一晚，守护着美人的梦，我不但理解了这种迟暮老人的精致怪癖，

①赫拉尔多·迭戈（1896－1987），西班牙诗人、作家。

②指川端康成所著《睡美人》。

而且充分体验了一把。

几杯香槟使我内心的爱意愈加澎湃。“谁会相信呢，”我对自己说，“在这一点上我居然像个日本老男人。”

在香槟的作用下，在电影无声的明灭中，我好像睡着了几个小时，醒来时头痛欲裂。我去了趟洗手间。我后面隔着两个座位，那个带了十一件行李的老太太正四仰八叉地摊在座椅上，看上去像是一具被遗忘在战场上的尸体。她的老花镜掉在走廊正中央，上面还拴着彩色珠子串成的颈链。我没有帮她捡起来，有一瞬间甚至因为自己的小心眼而窃喜。

在把香槟的残余物排泄出去以后，我惊讶地看着镜中狼狈而丑陋的自己，惊觉爱情有如此可怕的破坏力。突然，飞机向下冲去，努力保持直线继续疾速飞行。“请回到座位”的指示灯亮了。我急匆匆地跑出去，幻想着只有上帝制造的混乱才能让美人醒来，她将惊慌失措，不得不躲进我的怀中。匆忙中我差点儿踩到那个荷兰老太太的眼镜，如果真是那样我会很高兴的。但我还是往回走了几步，将它捡起来放在她的膝头，突然很感激她没有在我之前要走四号座位。

她的睡眠是不可战胜的。当飞机终于平稳下来时，我不得不拼命忍住冲动，才没有随便找个理由把她摇醒。在最后一小时航程中，我唯一的愿望就是看到她醒来，哪怕她怒气冲冲，好让我重获自由，也许是重获青春，但是我做不到。“见鬼，”我真瞧不起自己,“为什么我不是金牛座呢。”在着陆的指示灯亮起的一刹那，她没有借助外力就醒了，看上去是如此美丽而生机勃勃，像是刚在玫瑰花丛里睡了一觉。这时我才发现，飞机上的邻座就像老夫老妻，早晨醒来时不会互道早安。她也没有。她摘下眼罩，睁开亮晶晶的眼睛，调直椅背，把毯子扔到一边，甩了甩头发，那些头发借助自身的重量自然而然就变得垂顺了。她将梳妆匣放在膝盖上，简单地化了下妆，其实毫无必要。她做这一切所花的时间刚好使她在舱门打开之前无须看我一眼。门一开，她就穿上猞猁皮外套，几乎是从我身上跨了过去，留下一句礼节性的“抱歉”，用的是纯正的美洲西班牙语。她走了，连一声再见都没有，更没有哪怕是半句感谢，感谢我为了我们的快乐夜晚付出了那么多，就这样消失在纽约亚马孙雨林一样密集的高楼大厦间的阳光之中。

一九八二年六月

占梦人

Me alquilo para soñar

上午九点，我们正在哈瓦那·里维埃拉酒店的露台上享用早餐，烈日下，海水突然掀起一个巨浪，把沿着海堤大道行驶的和停在人行道上的几辆汽车抛到半空中，其中一辆嵌进了酒店的侧墙。就像是发生了剧烈的爆炸，大厅的彩色玻璃窗碎了一地，这座二十层的建筑中弥漫着恐慌。休息室的众多游客同家具一起被气流掀到空中，有几个还因为纷飞的玻璃碴受伤了。这浪一定大得惊人，因为防波堤和酒店之间隔着一条很宽的双向车道，而浪头不但越过了马路，还余下足够的力量把玻璃拍得粉碎。

在消防员的帮助下，天性乐观的古巴志愿者们不到六个小时就把一地狼藉收拾干净了。朝向大海的门关闭了，打开了另一侧的门，一切又都恢复了秩序。整个上午谁也无暇顾及嵌入酒店侧墙的那辆车，大家都以为它原先是停在人行道上的。但当起重机把车从墙洞里取出来时，人们发现驾驶座上有一具系着安全带的女性尸体。这野蛮的一击使她粉身碎骨，面容已无法辨认，靴子撕裂了，衣服也成了碎片，手上戴着一枚镶着绿宝石眼睛的蛇形金戒指。警察证实，她是新任葡萄牙大使的管家。事实上，两个星期之前她刚跟着大使一家来到哈瓦那，这天早晨开着一辆新车去市场采购。当我在报纸上读到这则消息时，对她的名字没有任何印象，倒是那枚镶绿宝石眼睛的蛇形戒指让我十分好奇。但我没办法弄清楚到底是戴在哪根手指上。

这是一个关键的信息，因为我担心那是一位我难以忘怀的故人，虽然我一直都不知晓她的真实姓名。她右手食指上戴着一枚同样的戒指，在那个时代很不寻常。认识她是在三十四年前的维也纳，在一个拉丁美洲学生爱光顾的小餐馆，吃着香肠配煮土豆，喝着桶装啤酒。那天早上我刚到维也纳，我还记得对她的第一印象：女高音歌唱家那般惊人的胸脯，大衣领子上垂顺的狐狸尾巴，以及那枚埃及蛇形戒指。我以为她是那家木头搭的狭长的小餐馆里唯一的奥地利人，因为她的西班牙语说得磕磕绊绊，还带着很杂的口音。但是我错了。她出生在哥伦比亚，在两次大战之间来到奥地利学习音乐和唱歌，那时她几乎还是个孩子。我遇到她时，她大约三十岁，保养得不好，应该不曾美丽过，就已提前开始衰老。不过她是个很有魅力的人，同时也非常可怕。

那时的维也纳依然保持着古老帝都的派头。第二次世界大战留下两个不可调和的世界，它正位于两者之间，这样的地理位置使它成为黑市和全世界间谍活动的天堂。我想象不出有什么地方能比这里更适合我这位流落异乡的同胞。她一直在街角这家学生餐厅用餐，只为缅怀故土。因为以她的财力完全可以立刻买下它，连同里面的所有食客。她从没提起过自己的真实姓名，我们总是用维也纳的拉丁美洲学生给她取的德语绕口令似的外号称呼她：弗劳·弗里达[①]。刚一认识，我就冒冒失失地问她，在一个如此遥远、同金迪奥[②]的狂风峭壁如此迥异的世界，她是如何立足并发迹的。她掷地有声地回答：

“我受雇做梦。”

事实上，这的确是她唯一的职业。她出生在古老的卡尔达斯[③]一个殷实的小商人家庭，在十一个兄弟姐妹中排行第三。从她牙牙学语开始，就在这个家庭中养成了良好的习惯，每天在早餐前讲述自己的梦，这时候能回忆起的内容保存着最纯粹的预见性。七岁时，她梦见一个弟弟被激流冲走。全然出于迷信，母亲禁止那个孩子在小溪里游泳，虽然那是他最喜欢做的事。但是弗劳·弗里达对于解梦已经有了一套自己的体系。

“这个梦的含义，”她说，“不是说他会溺水而亡，而是说他不应该吃甜食。”

---

①音译，原文为 Frau Frida，意为“弗里达小姐”。

②哥伦比亚西部省份。

③哥伦比亚中部省份。

这似乎只能解释为她不怀好意，因为对于一个五岁的孩子来说，离开了周末甜点，简直活不下去。然而他们的母亲已经对女儿的预言天赋深信不疑，一丝不苟地遵照这一警告执行。但是某天她一个疏忽，那孩子在偷吃一颗糖球时噎住了，谁也无力回天。

弗劳·弗里达从没想过这项天赋可以作为职业，直到在维也纳残酷的严冬，生活扼住了她的咽喉。她敲了遇到的第一栋想要住在里面的房子的门求职。被问到会做什么时，她实话实说："做梦。"只消几句简单的解释，这家的主妇就接纳了她。虽然薪水几乎不够应付日常开支，但他们提供一个很好的房间和一日三餐。尤其是早餐时间，全家人坐在一起了解家庭成员当天的运势。这家的父亲有产业，有教养，母亲天性快活，热爱浪漫主义的室内乐，两个男孩分别是十一岁和九岁。全家都是虔诚的教徒，因此易于相信这些古老的迷信。他们乐于接纳弗劳·弗里达，唯一的要求是她得通过解梦为全家预测每日运程。

她做得很好，而且做了很多年，尤其是在战争期间，那时现实比噩梦更可怕。早餐时间，只有她才能决定每个人当天该做什么，怎么做，直到最后她的预言成为这栋房子里唯一的权威。她对这个家庭的统治是绝对的：哪怕最细微的叹息都出自她的命令。我在维也纳那段时间，这家的一家之主刚刚过世，临终前慷慨地赠予她一部分产业，唯一的要求就是她继续为这家人做梦，直到她不复有梦。

我在维也纳待了一个多月，同一群学生挤在狭小的陋室中，等待着一笔终究没能到手的钱。在小餐馆里，由于她的慷慨，弗劳·弗里达每次不期而至对于为穷困所虏的我们来说都有如过节一般。一天晚上，大家都在开怀畅饮，她凑到我耳边告诉了我一个她十分确定的刻不容缓的消息。

“我来就是为了告诉你，昨晚我梦见你了。”她说，“你应该马上离开维也纳，五年之内不要回来。”

她言之凿凿，当天晚上就把我送上了开往罗马的最后一班火车。她的话对我影响至深，从那以后我一直自认为是一场未知的灾难的幸存者。直到今天，我也没有回过维也纳。

在哈瓦那的这场灾难发生之前，我曾在巴塞罗那遇到过弗劳·弗里达。那次见面非常出人意料，在我看来甚至有些神秘。那天，巴勃罗·聂鲁达在西班牙内战结束后第一次踏上这片土地，他的目的地是瓦尔帕莱索[①]，在悠闲的海上行程中安排了西班牙这一站。他一早上都跟我们在旧书店里大淘特淘。在波特书店，他花了相当于在仰光领事馆两个月的薪水买了一本几乎已经散架的旧书。他像一头笨拙的大象在人群中走动，对任何事物的内在机制都怀着孩童般的好奇。在他眼中，世界就像一个巨大的发条玩具，生活在齿轮的转动中演绎。

我没见过有谁比他更像人们想象中的文艺复兴时期的教皇：

---

①智利中部港口城市。

贪嘴而精致。他总是不自觉地就成了饭桌上的主导者。他的妻子玛蒂尔德给他戴上一个围兜，不像是餐巾，倒像是理发用的，这是避免他弄得满身酱汁的唯一办法。那天在卡瓦列拉饭店就是个很好的例子。他吃了三只完整的龙虾，剥龙虾的手艺堪比技艺精湛的外科医生。同时还用目光贪婪地扫荡所有人的盘子，并从每个人那里都尝了一点儿。那种快活劲儿很有感染力，使大家胃口大开：加利西亚的蛤蜊，坎塔布连的龟足螺，阿利坎特的螯虾，布拉瓦海岸的海参。与此同时，他就像个法国人一样，不停地谈论其他各种美味佳肴，尤其是多年前品尝过的智利海鲜，他一直铭记于心。突然，他停止进食，警觉地探查了一番，然后很小声地对我说：

“背后有人一直在看我。”

我从他的肩头看过去，果然如此。在他背后，隔着三张桌子，坐着一个镇定自若的女人，戴着一顶过时的阔边帽，围着一条紫红色围巾，嘴里慢慢地咀嚼着，视线没有离开过他。我立刻就认出了她。老了，胖了，但毫无疑问是她，食指上戴着那枚蛇形戒指。

她从那不勒斯过来，和聂鲁达一家坐同一条船，但在船上没有见过面。我邀请她到我们桌上来喝杯咖啡，并建议她讲讲她的梦，让诗人惊讶一下。但是他没有理会，因为他从一开始就表示不相信那些在梦中得到的预兆。

“只有诗歌能洞察一切。”他说。

午饭过后，大家免不了要在兰布拉大街[①]散会儿步。我故意落后几步，避开探究的目光，以便跟弗劳·弗里达叙叙旧。她告诉我，她卖掉了奥地利的产业，在葡萄牙的波尔图过上了退休生活。据她描述，她的房子就像一座小型城堡，坐落在一个小山上，从那儿可以眺望一直延伸到美洲大陆的整片海洋。虽然她没明说，但是从言语间很容易听出，在无数个梦与梦之间，她已经完全拥有了应避免提及的维也纳那户雇主的财产。对此我并不惊讶，因为一直都认为她所谓的解梦不过是谋生的伎俩。我把这个想法说了出来。

她发出抑制不住的大笑。“你还是跟以前一样大胆。”她说。但是她没再说什么，因为其他人都停下来等着看聂鲁达用智利土话逗兰布拉鸟店的鹦鹉。当我们重新开始交谈时，弗劳·弗里达换了个话题。

“顺便说一句，”她说，“你现在已经可以回维也纳了。”

这时候我才意识到，从我们相识到现在已经过去十三年了。

“就算你的梦不准，我也不会回去了。”我说，“以防万一。”

三点时我们同她告辞，陪聂鲁达去睡他神圣的午觉。他是在我们家睡的，之前我们做了一番隆重的准备，那阵势让人想起日本的茶道：必须打开一些窗户，关上另外一些，为的是把温度调节到某个精确的度数，并确保从某一方向射进某种程度的光，还

①巴塞罗那市中心一条繁华的街道，因流浪艺人云集，又称“流浪者大街”。

有绝对的安静。聂鲁达立刻就睡着了，让我们完全没想到的是，他十分钟后就醒了，像孩子一样。当他再次出现在客厅时，已经恢复了精神，脸颊上带着枕头上的图案压出的印记。

“我梦见了那个做梦的女人。”他说。

玛蒂尔德让他讲讲那个梦。

“我梦见她梦见了我。”他说。

“这是博尔赫斯的情节。”我说。

他失望地看着我。

“已经被写过了？”

“就算现在还没写，总有一天他会写的。”我说，“这将是他的迷宫之一。”

下午六点，一上船，聂鲁达就把我们撇到一边，在一张僻静的桌子旁边落座，开始写下流畅的诗句，用的绿色墨水笔正是他在自己的书的题献页画花鸟和鱼的那一支。在广播第一次提醒旅客上船时，我们到处找弗劳·弗里达，最后当我们准备不辞而别时，在普通舱的甲板上遇到了她。她也刚从午睡中醒来。

“我梦见了那位诗人。”她说。

我十分惊讶，请她讲讲这个梦。

“我梦见他梦见了我。”她说。我脸上的惊讶使她感到困惑：“你怎么了？有时候，在一大堆梦里，总有个别的跟现实生活没什么关系。”

我再也没有见过她，也没有想起过她，直到得知里维埃拉酒店遇难的女人手上戴着一枚蛇形戒指。因此，几个月之后，在一次外交招待会上碰到葡萄牙大使时，我忍不住向他打听那个女人。大使谈起她时带着狂热和深深的景仰。“您无法想象她有多么特别，”他说，“您会忍不住想要写一个关于她的故事。”接着，他用同样的语气讲述起那些令人惊讶的细节，但是没有哪句话能给我提示，让我得出明确的结论。

“具体来说，”我最终问道，“她是做什么的？”

“什么也不做，”他似乎有些失望，“她只做梦。”

一九八〇年三月

“我只是来打个电话”

« Sólo vine a hablar por teléfono »

一个下雨的春日傍晚，玛利亚·德拉卢斯·塞万提斯独自开着租来的车前往巴塞罗那，途经莫内格罗斯荒漠[1]时车子抛锚了。她是墨西哥人，二十七岁，端庄漂亮，几年前曾是个小有名气的杂耍演员。她丈夫是一位赶场魔术师，那天她在萨拉戈萨[2]拜访了几个亲戚之后，正要赶回去同他会合。在雨中对着疾驰而过的小汽车和货车打了一个小时的救助手势后，她几乎已经绝望了。这时，一辆破旧大巴的司机对她心生怜悯。但他提醒她说，他带不了她太远。

“没关系，”玛利亚说，“我只需要一部电话。”

没错，而且她打电话也只是为了告诉丈夫，晚上七点之前她到不了家。正值四月，她穿着一件学生式的外套和一双沙滩鞋，

①西班牙东北部阿拉贡自治区内一块半沙漠地带。

②阿拉贡自治区和萨拉戈萨省首府。

淋得像只落汤鸡。而且，这个意外事故让她心慌意乱，把钥匙落在了车里。大巴上有一个跟车的女人，穿着打扮像个军人，言谈举止却十分温柔。她递给玛利亚一块毛巾和一条毯子，并在身边给她腾了个座位。把自己擦得半干后，玛利亚坐了下来，裹上毯子，试图点根烟，但火柴都已经淋湿了。邻座的女人给她递了火，向她要了一根烟，她身上也只剩几根没淋湿的了。抽着烟，玛利亚逐渐恢复了平静，说话的嗓音盖过了雨声和大巴发出的噪音。邻座的女人把食指放到嘴唇上打断了她。

“她们都睡着了。”她轻声说。

玛利亚扭头看过去，大巴里坐满了年龄不详、状态各异的女人，都裹着跟自己身上一样的毯子在熟睡。被她们的安详所感染，玛利亚蜷缩在座位上，在雨声中渐渐睡着了。她醒来时天已经黑了，雨停了，取而代之的是冰冷的安静。她完全不知道自己睡了多久，以及自己此刻身在何方。邻座的女人态度很警觉。

“我们这是在哪儿？”玛利亚问她。

“我们到了。”那女人回答。

大巴正在驶入一个石铺的庭院，里面的建筑高大阴森，看起来像密林深处的老修道院。院子里亮着一盏灯，惨淡的灯光照着车里的乘客，她们都在座位上一动不动，直到那位军人外表的女人像幼儿园老师那样用一套简单的指令指挥她们下车。所有人都很老，行动迟缓，在院中幽暗的光线下，像一群梦中的幽灵。玛利亚是最后一个下车的。她开始觉得这些人是修女，但是，当她看到几个穿制服的女人在大巴门口接她们时，又觉得不太像。那几个女人用毯子为她们盖住头以免淋湿，并让她们排成一队，但不是用语言，而是用有节奏的、急促的拍手声引导她们。跟邻座的女人告别时，玛利亚想把毯子还给她，她却让她留着在穿过庭院时挡雨，最后还给门房就行了。

“那里有电话吗？”玛利亚问。

“当然。”那女人说，“到了那儿他们会指给您。”

她又向玛利亚要烟，玛利亚把泛潮的烟盒中剩下的烟全都给了她。“路上捂干了。”她说。那女人站在踏板上向她挥手告别，几乎是在大喊：“祝您好运！”她没有时间再说别的，因为大巴启动了。

玛利亚向大楼的入口处跑去，一个女看守两手重重地拍了一下，试图阻止她，没能奏效，最后不得不大叫：“站住！”玛利亚从毯子下面往外看，遇上一双冰冷的眼睛，还有一根不容置疑的食指，命令她回到队伍中。她顺从了。在大楼的门厅里，她离开队伍去问门卫哪儿有电话。一个女看守一边轻拍她的背让她回到队伍中，一边用非常温柔的语气对她说：

“这儿，美女，这儿有电话。”

玛利亚跟另外那些女人一起穿过一条阴暗的走廊，最后来到一间集体宿舍。女看守们收完毯子，开始分配床。有一个女人显得与众不同，在玛利亚看来更有人情味儿，级别也更高。她检视着队伍，把新来的人紧身背心上缝着的小卡片上的名字跟手里的名单一一对照。来到玛利亚面前时，她非常惊讶，因为玛利亚身上没有身份证明。

“其实我只是来打个电话。”玛利亚对她说。

她飞快地解释说，自己的车在公路上抛锚了。她的丈夫是一位宴会魔术师，现在正在巴塞罗那等她，她只想通知他，自己来不及赶回去陪他参加今晚午夜之前的三场表演了。马上就要七点了，再过十分钟他就必须出门，她担心因为自己的迟到，这些表演都得取消。这位高级看守似乎在认真倾听。

“你叫什么名字？”她问。

玛利亚报上自己的名字，如释重负地叹了口气。但是那个女人在名单上找了几遍也没找到。她警觉地向另一个看守询问，后者耸了耸肩，表示完全不知情。

“我真的就只是来打个电话。”玛利亚说。

“我知道了，美女。”高级看守对她说，一边把她引向她的床。她的温柔太过做作，一看就是假的。“如果你表现好的话，可以给任何人打电话。但现在不行，明天吧。”

这时，有什么东西突然在她脑海中闪了一下，玛利亚明白了为什么大巴上那些女人行动起来像是在水缸底部。事实上，那是镇静剂的作用。而这座有着厚重石墙和冰冷楼梯的阴森宫殿实际上是一座女精神病院。她惊慌失措，夺门而逃，但是还没跑到大门口，一个体形庞大的女看守，穿着机械师一样的连体裤，一把抓住她，用娴熟的手法把她摁在地上。玛利亚因为害怕而浑身瘫软，侧过脸看着她。

“看在上帝的分上，”她说，“我以已故母亲的名义起誓，我来这里只是为了打个电话。”

只要看到那张脸就会明白，在这个穿连体裤的女疯子面前，不可能有哀求的余地。她因为力大无穷被称为“女赫丘利[1]”，专门负责处理棘手的情况，已经有两名病人在她北极熊般的手臂的压迫下窒息而亡。她的这对胳膊似乎接受过“过失杀人”训练。第一个案子被认定为事故，不了了之。第二次案情晦暗不明，女赫丘利被警告说，如果再有下次，一定会追查到底。流传最广的说法是，这个怪物出身于某个贵族家庭，在西班牙好几家精神病院工作时都造成过疑点重重的事故。

第一个晚上，为了让玛利亚入睡，他们不得不给她注射了安眠药。天亮前，她被烟瘾折磨醒了，发现手腕和脚踝都被绑在床柱上。她大喊大叫，但没有人理会。第二天上午，当她的丈夫在巴塞罗那对她的下落毫无头绪时，她陷在自己悲惨的沼泽中不省人事，她们不得不把她送进了医务室。

不知道过了多久，她恢复了知觉。然而这时，世界仿佛又洒

---

①罗马神话中的人物，亦即希腊神话中的英雄赫拉克勒斯，以力大著称。

满了爱：她床前站着一个身材魁梧的老人，步履平和，笑容迷人，两个专业步骤就让她重新感受到生的乐趣。他是这家精神病院的院长。

还没说点儿什么，甚至连招呼都没打，玛利亚就向他要了一根烟。他点好一根递给她，并且把几乎没动过的一整盒都给了她。玛利亚再也控制不住，失声痛哭。

“趁现在尽情地哭吧。”医生的声音有种催眠的魔力，“没有什么比眼泪更能疗伤了。”

玛利亚毫无保留地发泄了出来，即便是在跟她那些露水情人做爱后的倦意中，她也从未感到这样放松。医生一边听她倾诉，一边用手指为她梳理头发，还为她调整枕头，好让她呼吸得更顺畅，用智慧和她做梦也没有体验过的温柔引导她走出怀疑的迷宫。这是她生命中第一次体会到被一个男人理解的奇妙感觉：他全身心地倾听，却不期望得到肉体的回报。经过漫长的一个小时，她彻底发泄完了，要求他允许自己给丈夫打个电话。

医生站起来，他的身份使他显得很有威严。“现在还不行，我的女王。”他一边说，一边轻轻地拍了下她的脸颊，她此前从未感受过那样温柔的触摸。“万事各有其时。”他站在门口，做了一个主教般的祈福手势，然后就永远地消失了。

“相信我。”他说。

当天傍晚，这家精神病院把玛利亚登记在册，给了她一个编号，对她的神秘来历及身份疑点做了简单的标注，旁边有院长亲手写下的评语：情绪激动。

正如玛利亚预料的那样，丈夫晚了半小时才离开他们位于奥尔塔区的简陋公寓去赴那三场演出。这是将近两年以来，她第一次没有准时赶回来。虽然不曾强制约定过，但他们一直协调得很好。他理解是周末肆虐全省的暴雨导致了她的迟到。在出发前，他在门上钉了一张字条，上面写着当晚的行程。

在第一场宴会上，所有的孩子都打扮成了袋鼠。他放弃了“隐形鱼”这个明星节目，因为没有她的帮助他无法独立完成。第二场演出是在一个九十三岁高龄、坐着轮椅的老妇家中，过去三十年来，每个生日她都会请一位不同的魔术师来表演，并引以为豪。他因为玛利亚迟迟不来而心烦意乱，连最简单的手法都无法集中注意力。第三场是每晚的保留节目，在兰布拉大街的一家音乐咖啡馆，他毫无热情地为一群法国游客做了表演，他们无法相信自己看到的，因为他们拒绝相信魔法。每场演出后，他都给家里打电话，不抱希望地等着玛利亚接听。在最后一场演出时，他已经无法抑制心中的不安，感觉一定发生了什么不幸的事情。

开着改造过的演出车走在回家的路上，看着格拉西亚大街上棕榈树枝叶间洋溢的春意，想着没有了玛利亚，这座城市将会是什么样，这个可怕的念头让他打了个寒战。看到自己留的便条仍然贴在门上，最后一线希望也破灭了。他心烦意乱，甚至忘了给猫咪喂食。

直到现在提笔写这个故事，我才发现自己从来不知道他的真实姓名，因为在巴塞罗那，我们都只晓得他的艺名：魔术师萨图尔诺。他是一个性格孤僻、非常不善于交际的男人，而他缺少的精明和魅力正好是玛利亚的长项。是她拉着他的手把他带进了这个极为神秘的圈子。在这个圈子里，没有人会三更半夜给别人打电话询问妻子的下落。初来乍到时，萨图尔诺曾经干过这样的蠢事，他不愿再记起。所以那天晚上，他只是给萨拉戈萨打了个电话，一个半梦半醒的老太太毫无警觉地回答说玛利亚吃过午饭就走了。直到天亮他才眯了一会儿，睡了不到一小时，还做了一个混乱的梦，梦见玛利亚穿着破破烂烂、溅满血迹的婚纱。醒来后他内心一片恐慌，确信玛利亚再次抛弃了他，这次是永远的，在这个广漠的、没有她的世界。

在过去五年中，她曾经抛弃过三个男人，其中也包括他。他们相识六个月后，她把他抛弃在墨西哥城。那时，在安苏雷斯区的一个杂物间里，他们疯狂做爱，如痴如醉。一天早上，在一整夜不可告人的风流放荡之后，玛利亚从家里消失了，留下了所有属于她的东西，包括前一段婚姻的婚戒，还有一封信，说自己再也无法承受这种狂爱的折磨。他以为她回去找她第一任丈夫了，那人是她的中学同学，两人尚未成年就偷偷结婚了。经过两年的貌合神离，她为另一个男人抛弃了他。但萨图尔诺想错了，她回了父母家。他不惜一切代价去找她，无条件地哀求她，对她做出许多他并没有下定决心要兑现的承诺，但玛利亚心意已决。“有的爱情很短暂，有的爱情很长久。”她说，并毫无怜悯地总结道，“我们的爱情是短暂的。”在她的绝情面前他放弃了。然而，在将往事尘封了将近一年以后，万圣节的凌晨，当他回到单身公寓时，发现她在客厅的沙发上睡着了，戴着橙花花冠，穿着纯洁新娘蓬松的长尾婚纱。

玛利亚向他吐露了实情。她的新男友是个无儿无女、生活自由自在的鳏夫，两人决定在天主教堂举行婚礼，共度余生。当她穿上婚纱来到祭坛前时，他却没有出现。她的父母决定无论如何都要照常庆祝，她于是继续强颜欢笑，跳舞，唱马里亚齐民歌[1]，喝得酩酊大醉，在强烈的悔恨的驱使下，半夜跑来找萨图尔诺。

他不在家，但是她从走廊上的花盆里找到了钥匙，他们从前总是把钥匙藏在那里。这次轮到她无条件投降了。“这次会爱多久？”他问。她用维尼修斯·德莫赖斯[2]的一句诗回答他：“爱情在持续的时候是永恒的。”两年过去了，这份爱情依然是永恒的。

玛利亚似乎成熟了。她放弃了演员梦，把自己献给他，无论是在职业上还是在床上。上一年年底，他们在佩皮尼昂[3]参加了一个魔术师大会，返程时经过巴塞罗那，喜欢上了这个城市。到现在他们已经在这里住了八个月，过得很好，在加泰罗尼亚色彩浓

①墨西哥的一种民间音乐。

②维尼修斯·德莫赖斯（1913–1980），巴西诗人、作曲家、剧作家。

③法国南部地中海沿岸城市。

重的奥尔塔区购置了一套公寓。虽然环境很吵，也没有门房，但空间足以容纳五个孩子。对他们来说，这也许就是幸福，直到那个周末，她租了一辆汽车去萨拉戈萨看望亲戚，并答应在周一晚上七点之前回来。到周四凌晨，仍然没有任何回音。

接下来那个周一，那辆租来的汽车的保险公司打电话到家里询问玛利亚的下落。“我什么都不知道，”萨图尔诺说，“到萨拉戈萨去找她吧。”然后就挂了。一星期后，一名警察找上门来，告诉他汽车找到了，但已被洗劫一空，丢在靠近加的斯[①]的一处偏僻小道上，距离玛利亚弃车而去的地方大约九百公里。警察想知道玛利亚是否了解更多有关这桩偷车案的细节。萨图尔诺正在给猫儿喂食，头都没抬就直截了当地告诉警察不要在这里浪费时间了，他的妻子已经离家出走，他不知道她跟谁在一起，也不知道她去了哪儿。他决绝的态度使警察感到很尴尬，为自己的问题向他表示了歉意。这个案子就这样宣告了结。

对玛利亚会再次离他而去的担忧是在卡达克斯[②]过复活节的时候突然产生的，那次罗萨·雷加斯邀请他们扬帆出海。我们在“航海者”酒吧，那里是佛朗哥统治初期神圣左派[③]的聚集地，拥挤而脏乱。桌椅都是铁制的，在一张勉强能容下六个人的桌子旁，我

①西班牙西南部滨海城市。

②西班牙加泰罗尼亚自治区赫罗纳省首府。

③原文为法语。二十世纪六七十年代巴塞罗那左派知识分子和艺术家掀起的文化运动。

们挤了二十个人。在抽完当天的第二包烟后，玛利亚发现火柴没了。这时，一只胳膊穿过桌上的混乱给她递来了火。那只胳膊骨瘦如柴，长着浓密的汗毛，还戴着一个古罗马风格的青铜手环。她并没有抬眼看是谁，只是说了句谢谢，但魔术师萨图尔诺看到了。那是一个还没有长出胡须的年轻人，瘦骨嶙峋，面色惨白，头发却特别黑，扎成一束长及腰际的马尾。春天肆虐的北风将酒吧的玻璃吹得摇摇欲坠，他却只穿着一身宽松的粗棉衣裤和一双粗革皮鞋。

他们再次遇见他已是秋末，在巴塞罗内塔社区[1]的一家海鲜餐馆，他还是穿着那身普通的棉布衣裤，这次头发编成了一根长辫子。他像老朋友一样问候了他们。根据他亲吻玛利亚的方式，以及玛利亚回应他的方式，萨图尔诺突然疑心他们俩一直在偷偷见面。几天后他偶然发现玛利亚写在家庭电话本上的一个新名字和一串号码，忌妒冷酷的洞察力让他明白了这是谁。这位插足者的社会情况让他更加抓狂：二十二岁，有钱人家的独生子，时尚橱窗的装饰设计师，人尽皆知的双性恋，同时还是臭名昭著的爱找已婚妇女的"牛郎"。但是他一直强忍着，直到玛利亚爽约的那天晚上。他开始每天拨打那个号码，最初是两三个小时打一次，从早上六点一直到第二天凌晨，后来演变成只要手边有电话就不停地拨打。而越是没人接电话，他的内心就越煎熬。

第四天，一个安达卢西亚口音的女人接了电话，她说她只是

①巴塞罗那老城的一个社区。

来打扫卫生的。“少爷出去了。”她说。这句话太含糊，差点儿让他发狂。萨图尔诺实在忍不住，问她是不是玛利亚小姐也正好不在。

“没有什么玛利亚小姐住在这里。”那女人说，“少爷还是单身。”

“我知道，”他说，“她不住在这里，但有时候会来，对吗？”

那女人提高了嗓门：

“你他妈的是谁？”

萨图尔诺挂了电话。那个女人的否认让他更加确信自己的怀疑——对他来说那已经不是怀疑，而是一个彻头彻尾的事实。他再也控制不住自己。接下来的几天，他按照字母顺序给巴塞罗那所有他认识的人都打了电话。谁也不同意他的看法，但是每通电话都使他更加痛苦。他爱吃飞醋在神圣左派那帮习惯于彻夜狂欢的人中间已经家喻户晓，所有人接到电话都跟他开玩笑，让他备受煎熬。直到这时他才意识到，在这个美丽、疯狂、不可理喻的城市里，他是多么孤单，在这里他永远不会幸福。凌晨，在给猫儿喂完食后，他紧紧地捂住胸口不让自己崩溃，决心忘掉玛利亚。

来到精神病院两个月后，玛利亚仍然没有适应这里的生活。每天的口粮像监狱里一样少得可怜，餐具都用链子锁在原木做的长桌上。吃饭时只能盯着佛朗哥将军的画像，他是这个幽暗的中世纪餐厅的主宰。一开始她不肯参加每天按部就班的愚蠢的宗教日程：晨祷、赞祷、夕祷，以及其他那些宗教仪式，这些仪式占据了每天绝大部分时间。她拒绝在操场上打球，也不肯在假花车间工作，而许多女病人是以狂热的勤奋态度在做这件事。但是从第三个星期开始，她慢慢融入了精神病院的生活。毕竟，就像医生们说的，所有人都是这样开始的，或早或晚，最后都会融入这个群体。

为了解决没有烟抽的问题，头几天她从一个女看守那里购买天价烟，但是在随身带的那点儿钱用完以后，烟瘾又开始折磨她。一些病人从垃圾堆里捡来烟头，包上报纸，自制“香烟”，最后她也不得不以此安慰自己，因为她对吸烟的渴望已经变得跟对电话的朝思暮想一样强烈了。后来，做假花挣来的那一点儿微薄的报酬也能让她偶尔得到短暂的解脱。

最难以忍受的是夜晚的寂寞。很多人都跟她一样，在黑暗中一直醒着，但是谁也不敢有任何举动，因为在铁锁和链子把守的门口，一样有夜班警卫值守。然而，一天晚上，玛利亚实在压抑不住心中的悲伤，小声问旁边的人：

“我们在哪里？”

邻床用低沉而清醒的声音回答：

“在深深的地狱里。”

“据说这是摩尔人[①]的地方，”远远地传来一个声音，在整个宿舍里回荡，“这应该是真的，因为在夏天，有月亮的时候，能听到

①指历史上曾经入侵西班牙的北非伊斯兰教徒。

狗在海边狂吠。”

门口响起了铁链撞击门环的声音，就像大帆船起锚一样，然后门开了。女看守开始在宿舍里巡视，从这头到那头。在即刻升起的寂静中，她仿佛是世界上唯一活着的事物。玛利亚非常害怕，而且只有她自己知道为什么。

从来到精神病院的第一个星期开始，夜班女看守就直截了当地要求她在值班室陪她睡觉。开始走的是具体交易的路数：只要玛利亚接受她的爱，就可以得到烟、巧克力，或者随便什么。“你会得到一切，”她颤抖着说，“你将会像个女王。”面对玛利亚的拒绝，女看守改变了策略。她在她的枕头下、睡衣口袋里以及那些最让人意想不到的地方藏小纸条来传递爱意。这些情书传递的赤裸裸的欲望足以令铁石含羞。到发生宿舍事件那天晚上为止，已经有一个多月，她似乎接受了求爱失败的事实。

当确信所有病人都已入睡，女看守来到玛利亚床边，一边在她耳边低声说着各种淫秽的甜言蜜语，一边亲吻她的脸颊、因恐惧而僵硬的脖子、僵直的手臂和筋疲力尽的双腿。最后，也许是认为玛利亚一动不动不是因为恐惧，而是因为沉醉其中，她开始做出更加过分的动作。这时玛利亚反手一抡，女看守撞到旁边的床上。在炸开了锅的病人的包围中，她恼羞成怒地站了起来。

“婊子养的！”她喊道，“我们会一起在这猪圈里烂掉，直到你为我发狂。”

六月的第一个周日，夏天悄然而至。精神病院不得不采取紧急措施，因为女病人们热得受不了，在做弥撒的时候纷纷脱掉长及脚跟的哔叽长袍。女疯子们在看守们的追逐下像瞎眼的小鸡一样，在各个屋子里乱窜。这一壮观景象让玛利亚忍俊不禁。现场一片混乱，她努力在不长眼的拳脚下东躲西藏保护自己。不知怎么回事，她突然发现自己一个人在一间废弃的办公室里，旁边有一部电话在不停地响，那铃声像是在哀求。玛利亚想都没想就接了，听到一个遥远的声音忍着笑在模仿报时服务：

“现在是四十五点九十二分一百零七秒。”

“变态！”玛利亚说。

她挂掉电话，觉得很好玩。正要走开，突然意识到自己差点儿错失一个千载难逢的机会。于是她无比紧张而焦急地拨了六位号码，甚至都不能肯定那是自己家的号码。她等待着，觉得心都要跳出来了，听着那熟悉的铃声急切而悲伤的调子，一遍，两遍，三遍，最后她终于听到了自己生命中那个男人的声音，他正孤零零地待在那个没有她的家里。

“您好？”

突然涌上来的泪意使她的嗓子哽住了，不得不等了一会儿。

“兔宝宝，亲爱的。”她叹了口气。

眼泪终于决堤。在电话另一头，因为吃惊出现了短暂的沉默，之后是随妒火喷发出的一句：

“婊子！”

然后啪地挂掉了电话。

这天晚上，玛利亚歇斯底里地大闹了一场。她把食堂挂着的领袖像摘了下来，用尽全身力气朝花园的彩色玻璃窗砸去，然后浑身是血地倒在地上。她的满腔怒火还没有发泄完，在试图制服她的看守们的拳脚下拼死挣扎，不肯就范，直到看到女赫丘利站在门口，抱着胳膊看着她。她投降了。但她们仍把她拖到狂躁病人的专用病房，用管子往她身上浇冰水，把她浇晕，并在她的腿部注射了松节油。松节油引起的发炎使她无法行走。她意识到，为了逃出这个地狱，在这世界上没有什么不能做的事情。接下来那个星期，回到集体宿舍后，她轻手轻脚爬起来，敲开了夜班女看守值班室的门。

玛利亚开出的条件是给她丈夫捎个口信。女看守同意了，前提是这笔交易必须绝对保密。她用无情的食指指着她说：

“如果被人知道，你就死定了。”

于是接下来的周六，魔术师萨图尔诺来到了精神病院。他把演出车装饰一新，以庆祝玛利亚的回归。院长在办公室亲自接待了他。那间办公室干净整洁，有如军舰，院长和蔼地向他介绍了玛利亚的情况。谁也不知道她是从哪儿来的，怎么来的，什么时候来的。她入院后的第一份资料是他在询问过她以后亲手填写的正式登记表。同天开始的一项调查没有得出任何结论。让院长尤为好奇的是，萨图尔诺是怎么知道他妻子的下落的。萨图尔诺没有说出真相。

“是那辆车的保险公司通知我的。”他说。

院长接受了这个解释。“我不知道保险公司有什么神通，可以无所不知。”他说。然后，他看了一眼躺在空荡荡的办公桌上的文件，总结道：

“唯一可以确定的是她的病情很严重。”

他说，他将允许萨图尔诺在采取必要防护措施的情况下前来探视，前提是他答应，为他妻子着想，严格遵循他的指导，尤其是如何对待玛利亚以免她再次陷入狂躁，最近这种情况越来越频繁，越来越危险。

“这很奇怪，”萨图尔诺说，“她虽然脾气一向都不好，但很能控制自己。”

院长摆出专家的姿态。“有些行为可以潜伏多年，某一天突然就爆发了，”他说，“尽管如此，对她来说，意外地来到这里是件幸运的事，因为采用强硬手段进行治疗是我们的专长。”最后，他提醒萨图尔诺，玛利亚对电话有一种古怪的痴迷。

“尽量顺着她的心意。”他说。

“放心吧，医生。”萨图尔诺用一种轻松的语调说，“这是我的专长。”

探视室曾是修道院的会客室，既像监狱又像忏悔室。萨图尔诺走进来，两人谁也没像他们预想的那样欣喜若狂。玛利亚站在房间中央，旁边放着一张桌子，两把椅子，桌上有一个没有花的花瓶。很显然她已经准备好离开这里了，身上草莓色的破旧大衣和脚上肮脏不堪的鞋子都是别人施舍的。在一个很难发现的角落，女赫丘利抱着手臂站在那里。看到丈夫进来，玛利亚既没有动，神色中也不见丝毫激动，脸上仍散布着之前玻璃碴划出的伤痕。他们礼节性地亲吻了一下。

“你感觉怎么样？”他问。

“很高兴你终于来了，兔宝宝。”她说，“在这里简直生不如死。”

他们没有时间坐下。玛利亚一边泪如泉涌，一边向他讲述精神病院的悲惨生活：看守们的野蛮，狗粮一样的伙食，因为恐惧而不敢合眼的漫漫长夜。

“我已经不知道自己在这里待了多久，几个月或是几年，但我知道每一天都比前一天更糟糕。”她深深地叹了口气，“我想我永远也做不回原来的自己了。”

“现在一切都过去了。”他用指尖轻抚她脸上新结的痂，“我以后每个周六都会过来，如果院长同意，我可以来得更勤。你会看到，一切都会好起来的。”

她惊恐地盯着他的眼睛。萨图尔诺动用了变魔术的技巧，用天真的语调为她编织巨大的谎言，尽量委婉地转述了医生的诊断。“总而言之，”他最后说，“你还需要再待几天，以便完全恢复。”玛利亚明白了真相。

“上帝啊，兔宝宝！”她目瞪口呆，“别告诉我你也认为我疯了！”

“怎么会呢。”他试图挤出一丝笑容，“但如果你能在这里再待一段时间，对所有人都有好处。当然了，条件会好很多。”

“但我不是已经告诉你了吗，我来这里只是为了打个电话！”玛利亚说。

在这份可怕的偏执面前，他不知该作何反应。他看向女赫丘利，后者借机指了指腕表，示意他探视的时间结束了。玛利亚捕捉到了他的眼神，回头一看，发现女赫丘利正准备发动袭击。于是她抓住丈夫的衣领，像个真正的疯子那样大喊大叫。他尽量温柔地把她从身上推开，任由女赫丘利从身后将她扑倒，在她反应过来之前，已经用左手给她戴上了镣铐，另一只铁一样的胳膊箍住了她的脖子。她朝萨图尔诺喊道：

“快走！”

萨图尔诺惊慌失措地逃走了。

然而，接下来的周六，从上次探视时受到的惊吓中恢复过来的萨图尔诺再次来到精神病院，还带来了猫，穿得跟他一模一样：红黄相间的紧身衣，高筒礼帽，巨大的斗篷，仿佛要飞起来一般。他把演出车一直开到院子里，在那里奉献了一场将近三个小时的精彩表演。病人们都跑到阳台上去欣赏，不时发出乱糟糟的喊叫声和不合时宜的喝彩声。所有人都去了，除了玛利亚。她不但不肯接待他，甚至不肯从阳台上看他一眼。萨图尔诺心如刀绞。

“这是一种很典型的反应。”院长安慰他说，“会过去的。”

但是一直没有过去。在多次尝试探视玛利亚未果后，他想尽办法给她递信，但毫无用处。送了四次，每次都是原封不动地退回来，没有只言片语的回应。萨图尔诺放弃了，但还是定期在精神病院的门房里留下烟，虽然不知道到底能不能到玛利亚手上。直到现实让他彻底投降。

没人知道他后来怎么样了，只听说他又结了婚，并且回到了自己的国家。在离开巴塞罗那之前，他把那只饿得奄奄一息的猫留给了一位露水情人。除了照顾猫，她还承诺继续给玛利亚送烟。但是后来她也消失了。罗萨·雷加斯记得大约十二年前在英格列斯百货商场见过她，剃了光头，穿着某个东方教派的橙色长袍，因为怀孕而大腹便便。她告诉雷加斯，在力所能及的情况下她一直坚持给玛利亚送烟，还帮她解决过一些突发的紧急状况，直到有一天精神病院变成了一片废墟，像那个阴郁年代的丑陋遗迹一样被摧毁了。在她们最后一次见面时，玛利亚显得十分清醒，身材略微发福，对精神病院的平静生活感到满足。那天她把猫也带去了，因为萨图尔诺留下的给猫喂食的钱已经用完了。

一九七八年四月

八月惊魂

Espantos de agosto

我们将近中午时抵达阿雷佐[1]，但是又花了两个多小时才找到委内瑞拉作家米格尔·奥特罗·席尔瓦在托斯卡纳原野上充满田园气息的河湾买下的文艺复兴时期的城堡。那是八月初的一个周日，炎热而喧嚣，街上熙熙攘攘全是游客，很难找到一个认识路的人。在多次尝试失败之后，我们驱车离开闹市，上了一条没有路标的小路，路两旁各种了一排柏树。一个年迈的赶鹅女给我们指点了城堡的准确方位。离开之前，她问我们是不是想在那里过夜，我们回答说只计划在那里吃午饭。

“还好。”她说，“因为那房子里闹鬼。”

我和太太都不相信光天化日之下有鬼怪，所以不免嘲笑她的轻信。但我们的两个儿子，一个九岁，一个七岁，想到能见到一只实体的鬼怪，非常兴奋。

---

①意大利中部历史文化名城。

米格尔·奥特罗·席尔瓦不仅是一位优秀的作家，还是一位热情好客的主人，以及精益求精的美食家。他招待我们的午餐令人终生难忘。我们到得较晚，在餐桌旁落座前没有时间参观城堡内部。但从外部看，完全没有什么令人恐惧的地方。在我们用餐的那个缀满鲜花的露台上眺望整座城市的时候，任何不安都会烟消云散。令人难以置信，在这个房屋依山势而建、人口不到九万的小山丘上，曾经诞生过那么多名传后世的天才人物。然而，米格尔·奥特罗·席尔瓦用他的加勒比式幽默告诉我们，这些天才中没有一个是阿雷佐最杰出的。

“最伟大的，”他宣布，“是卢多维科[1]。”

没错，不需要提起姓氏就知道是哪个卢多维科：既是伟大的艺术赞助者也是战争狂人，正是他在没落时期建造了这座城堡。整个午餐过程中，米格尔一直在跟我们谈论他，他无限的权力、惊世骇俗的爱情，以及骇人听闻的死亡。米格尔告诉我们，他是如何一时丧心病狂用匕首将情人刺死在刚刚缠绵过的床上，然后唆使他那些凶恶的战犬将自己撕成碎片。米格尔很严肃地向我们保证，每到半夜，卢多维科的幽灵就会在漆黑的城堡里游荡，想要在爱情的炼狱中获得平静。

事实上，这个城堡确实又大又阴森。但是在明亮的天光下，又刚刚享用过美食，心情愉悦，米格尔讲述的故事在我们听来不

①此处指意大利文艺复兴时期的米兰公爵卢多维科·斯福尔扎（1452－1508）。

过是一个供宾客消遣的玩笑，就像他其他很多玩笑一样。午睡过后，我们参观了城堡里的八十二个房间，虽然经受了历任主人的无数腾挪改造，却无甚惊艳之处。米格尔把底层整个儿重建了，打造了一个现代化的卧室：大理石地面、蒸汽浴室、健身设施，还有一个花团锦簇的露台，之前我们就是在那儿享用的午餐。二层在过去几个世纪中一直是使用频率最高的，房间都毫无特色，不同时代的家具被随意弃置。但在最上面一层却保留着一个原封未动的房间，在那里，时间似乎忘记了流动。那是卢多维科的卧室。

那真是神奇的一刻。床还在原处，挂着金线绣的帘幔，铺着绦带装饰的精美床单。那床单硬邦邦的，因为浸染的死于非命的佳人的鲜血早已风干。壁炉里还残留着冰冷的灰烬，未燃尽的最后一根木柴已经石化。饱饮过鲜血的武器陈列在架子上。纯金相框里镶着公爵的油画肖像，表情若有所思，想必是出自佛罗伦萨某位未能有幸青史留名的大师之手。然而，令我印象最深刻的是房间里仍旧弥漫着新鲜草莓的味道，真是不可思议。

托斯卡纳的夏日，白昼漫长而迟缓，地平线一直到晚上九点才消失不见。参观完城堡已经五点多了，但是米格尔坚持要带我们去看圣弗朗西斯科教堂里皮耶罗·德拉弗朗切斯卡[1]的壁画，之后大家又在广场的藤架下喝了一杯咖啡，畅聊了一番。当我们回去取行李的时候，发现晚饭已经准备好了，只好又留下来吃晚饭。

①皮耶罗·德拉弗朗切斯卡（约1415－1492），意大利文艺复兴时期的画家。

晚饭时分，淡紫色的天幕上只缀着一颗星星，孩子们从厨房点了几支火把，跑到黑洞洞的楼上去探险。我们坐在桌边，听着他们像小野马一样在楼梯上奔跑，一扇扇门发出吱吱嘎嘎的响声，他们在黑乎乎的房间里兴奋地喊着卢多维科的名字。正是孩子们动了在这里过夜的念头，而米格尔·奥特罗·席尔瓦很高兴地附和他们，我们也不好意思说不。

我们的担心是多余的，这一夜大家睡得非常好。我和妻子睡在底层的一间卧室，孩子们睡在隔壁。这两个房间都很现代，没有任何诡异之处。在入睡前，我听到客厅的摆钟清楚地敲了十二下，想起了那个赶鹅女耸人听闻的警告。但是因为太累，我们很快就睡着了，一夜都在做着光怪陆离的梦。早晨醒来时已经过了七点，灿烂的阳光从窗户上的藤蔓间照射进来。在我身边，妻子还沉浸在恬静的睡梦中。“太可笑了，”我对自己说，“到现在居然还有人相信鬼怪。”就在这时，一股新鲜草莓的味道让我打了个寒战，接着我就看到了壁炉里冰冷的灰烬和那最后一根石化了的木柴。纯金相框里，那位悲伤的公爵穿过三个世纪的时光注视着我们。原来我们并非身在昨夜入睡的那间底楼的卧室，而是在卢多维科的卧室，躺在那张不祥的床上。在床顶的檐板和落满灰尘的帘幔下，染血的床单还是温热的。

一九八〇年十月

玛利亚·多斯普拉泽雷斯

Maria dos Prazeres

殡葬公司的业务员到得如此准时，玛利亚·多斯普拉泽雷斯还穿着睡袍，顶着一头发卷，几乎没时间往耳边别一朵红玫瑰，好让自己看上去不像自我感觉的那样讨人嫌。打开门后，她对自己的形象更加懊悔了，站在门口的殡葬推销员并不像她想象中那样阴郁呆板，那是一个腼腆的年轻人，穿着格子外套，打着有小鸟图案的彩色领带。尽管巴塞罗那春寒料峭，斜风细雨的天气常常比冬季还让人难以忍受，他却并没有穿大衣。玛利亚·多斯普拉泽雷斯曾接待过无数男人，哪个钟点都碰到过，这次竟然感到有些难为情。她刚过完七十六岁生日，确信自己将在圣诞节前死去。即便如此，她也恨不得关上门，请客人再等一会儿，好让她梳洗打扮一番，以跟他相称的体面方式来接待他。但随即她又觉得，待在黑暗的楼梯间他会冻坏的，于是便请他进来。

“请原谅我这蝙蝠似的模样。”她说，“但是我在加泰罗尼亚待了五十多年，这还是第一次遇到有人准时赴约。”

她说一口流利的加泰罗尼亚语，纯正得稍显陈腐，虽然语调中仍隐约可见已被遗忘的葡萄牙语的韵律。尽管上了年纪，且满头都是金属发卷，她仍然是一个苗条、有活力的穆拉托女人，粗硬的头发，黄色的眼睛，目光锐利。从很久以前，她就已经对男人失去了好感。推销员刚从明亮的街上进来，还未适应屋里的昏暗，因此没有对她作任何评论，只是在黄麻纤维编的脚垫上蹭了蹭鞋底，然后躬身吻了一下她的手。

“你很像我那个年代的男人。”玛利亚·多斯普拉泽雷斯的笑声像一阵冰雹落下，“坐吧。”

虽然从事这行时间不长，但他已经非常清楚，他们不可能受到如此兴高采烈的接待，还是在早上八点钟。何况对方是一位并不慈祥的老妇，第一眼看上去像是从美洲逃出来的疯子。因此，他一直站在离门一步之遥的地方，不知道该说点儿什么。与此同时，玛利亚拉开了厚重的长毛绒窗帘。四月的惨淡阳光并没有让狭小精致的客厅明亮多少，这儿更像是古董店的玻璃橱窗，里面摆的日用物件一件不多，一件不少，每件都被放置在最合适的位置，搭配得恰到好处。即使是在巴塞罗那这样一个古老又神秘的城市里，也很难找到布置得比这更好的房子。

“对不起，”他说，“我走错门了。”

“我也希望如此。”她回答说，“但死神可不会走错门。”

推销员在餐桌上摊开一幅折叠了好多次的示意图，像航海图一样，上面分布着不同颜色的小块，每个色块上都标注着很多十字和数字。玛利亚明白，这是巨大的蒙特惠奇山[①]公墓的全景图。她怀着深深的恐惧，回忆起玛瑙斯[②]墓地的情景。在十月的暴雨中，貘在无名的坟头和装饰着佛罗伦萨彩色玻璃的探险者陵墓间嬉戏。在她很小的时候，有一天早晨醒来，泛滥的亚马孙河变成了一个令人作呕的泥塘。她亲眼看到自家院子里漂着裂开的棺材，棺材缝里露出死人的衣角和头发。这就是她选择蒙特惠奇山而不是圣赫瓦西奥[③]那个小墓地作为安息之所的原因，虽然后者就在附近，而且她很熟悉。

“我想要一个永远不会被淹的地方。”她说。

“那就是这里。”推销员用随身携带的形状像钢笔、可以伸缩的小棍指着地图上的一处，“没有哪个海可以升到这个高度。”

她在布满色块的地图上寻找，直到找到墓地的大门，那里有三座相邻的墓，一模一样，而且都没有名字，安葬着在内战中死去的布埃纳文图拉·杜鲁提和另外两位无政府主义领导人。每天晚上都有人用铅笔、画笔、木炭、眉笔，甚至是指甲油，按照埋葬的顺序，在空白的墓碑上写下他们各自的全名。而每天早上，

---

①位于巴塞罗那市中心西南部的一座小山。

②巴西亚马孙州首府。

③巴塞罗那第五区，紧临格拉西亚区。

为了不让人弄清楚在无言的大理石下长眠的究竟是谁，墓地的看守会把字迹擦掉。玛利亚参加了杜鲁提的葬礼，那是巴塞罗那有史以来最悲伤、最群情激奋的葬礼。她希望自己能葬在附近，但是在这个“人口”稠密的公墓绝无可能实现，她只能退而求其次。“条件是，”她说，“不能把我装进那种只存放五年的抽屉里，就像待在邮筒里一样。”然后，她突然想起最要紧的一点，补充说：

“尤其是，必须让我躺着下葬。”

事实上，由于墓地预售的推广做得声势浩大，有传闻说他们正在推行垂直安葬法以节省空间。推销员解释说，那是一些传统殡葬公司恶意散布的谣言，就是为了诋毁分期付款购买墓地这种新兴的营销方式。这番说辞他背得滚瓜烂熟，一听就知道重复过无数次。正说着，门上传来三记轻叩，他有些不确定地停了下来，但玛利亚示意他继续。

“别担心，”她很小声地说，“是诺伊。”

推销员继续刚才的话题，玛利亚对他的解释感到满意。然而，在去开门之前，她想要对已经在心中酝酿成熟多年的想法做个总结。自从经历过玛瑙斯那场传奇的洪水，甚至最私密的细节她都考虑到了。

“我想说的是，”她说，“我要找一处地方，可以躺着被葬在地下，没有被洪水淹没的危险，如果可能的话，夏天能有树荫，而且不会在一段时间之后把我掘出来扔到垃圾堆上。”

她打开临街的门，进来一只被雨淋得浑身湿透的小狗，它那轻松自在的劲儿跟屋子里的其他东西格格不入。它刚在附近散完步，一进来就兴高采烈地撒起欢来。它跳上桌子毫无目的地吠着，差点儿在墓地的地图上留下几个泥爪印。但主人的一个眼神就足以让它安静下来。

“诺伊，”她平静地说，“下来！”①

小狗缩成一团，惊恐地看着她，两颗晶莹的泪珠从脸上滑落。这时候，玛利亚回过头，准备继续与推销员交谈，发现他一脸困惑。

“见鬼！”②他惊呼道，“它哭了！”

“难得在这个时候看到家里有人，它特别兴奋。”玛利亚轻声向他道歉，“通常它进门的时候比男人们更知礼。除了你，正如我刚才看到的。”

“可是它哭了！真他妈见鬼！”推销员重复道。但他马上就意识到了自己的失态，红着脸道歉：“请原谅，但这种事我在电影里都没见过。”

“只要有人教，所有的狗都能做到。”她说，“事实上，很多狗的主人一辈子都在教它们一些让它们受罪的习惯，比如在盘子里吃饭，按时在固定的地方大小便。相反，却不教那些它们喜欢的很自然的事，比如哭和笑。我们说到哪儿了？”

剩下的事就很简单了。玛利亚不得不接受夏天没有树荫的地

---

①②原文为加泰罗尼亚语。

方，因为这个墓地中为数不多的阴凉地儿都是为政府中的达官贵人们预留的。而合同里的条件和支付方案都是多余的，因为她想通过现金预付来享受折扣。

一切就绪之后，推销员一边把文件装回文件夹，一边用目光审视房间，被它的精致典雅震动了。他重新打量着玛利亚，就像是刚见到她一样。

“我能问您一个很冒昧的问题吗？”他说。

她领着他朝门口走去。

“当然可以。”她说，“只要不是关于年龄。”

“我有一个癖好，根据屋子里的摆设来猜测屋主的职业，但恕我眼拙，”他说，“您是做什么的？”

玛利亚笑得喘不过气来：

“我是妓女，孩子。难道我现在看上去不像了吗？”

推销员脸红了。

“我很抱歉。”

“应该感到抱歉的是我。”她伸手抓住他的胳膊，免得他把脑袋撞到门上，“当心点儿！在把我好好安葬之前，你可不能先把头磕坏了。”

一关上门，她就抱起小狗开始爱抚它。从附近的幼儿园里传来孩子们的歌声，她用美丽的非洲嗓音跟着唱了起来。自从三个月前在梦中得到自己行将就木的预兆，她感觉比任何时候都更依恋这个陪伴她挨过孤独的小生灵。她对身后财产的分配和躯体的归宿进行了细致的规划，即使立刻就死，也不会烦扰任何人。靠着手头的积蓄，当年她主动选择了退休。这些财产虽然没有凝结太多苦涩的付出，却也是一点一滴积攒下来的。她选择了古老而高贵的格拉西亚村作为最后的栖身之所，如今这里已经被扩张的都市吞噬了。她买下这套夹层公寓的时候，周围一片废墟，空气中永远飘着一股熏鱼的味道，被硝酸盐腐蚀得千疮百孔的墙面上还保留着某场不知名的战役的印记。尽管所有楼层都住满了人，却没有门房，潮湿阴暗的楼梯还缺了几级台阶。玛利亚改造了卫生间和厨房，用颜色明快的挂毯遮住墙面，窗户上装了斜角玻璃和天鹅绒窗帘。最后，她购置了精致的家具、日用品、装饰品、包着丝绸和锦缎的盒子，等等，都是法西斯分子从那些因战败落荒而逃的共和党人遗弃的房子里偷来的，她花了很多年，以可遇不可求的低价悄悄地一件一件买下来。她与昔日的唯一联系是同卡多纳伯爵的友谊。伯爵仍旧在每月的最后一个周五来拜访她，同她一起吃顿晚餐，饭后例行公事地亲昵一番。但即使是这份从年轻时开始的友谊也是秘密的：每次伯爵都会谨慎地把带有家族徽章的车停在很远的地方，然后在黑暗中步行到达她的住所，既是为了保护她的名声，也是为了保护他自己的。在这栋楼里，玛利亚不认识任何人，除了不久前搬进对门的一对非常年轻的夫妇和一个九岁的小女孩。连她自己都觉得难以置信，但事实如此，除了那家人，她没有在楼梯里遇到过任何一位邻居。

然而，在分配遗产的时候，她才发现她同这个社区的联系比她曾经以为的要密切。这些淳朴的加泰罗尼亚人，他们的民族荣誉感被羞怯内敛的性情掩盖住了。连那些最不值钱的小东西她都分给了心中最亲近的人，也就是那些住得离她最近的人。最后，虽然并不确信这样分配很公平，但毫无疑问，她没有落下任何一个应该得到她遗产的人。在这件事上她准备得如此充分，看到她完全凭记忆向记录员口述详尽的财产清单，每一样东西都有准确的中世纪加泰罗尼亚语名称，还有完整的继承人名单，包括他们各自的职业、住址，以及在她心中的位置，阿尔伯尔街的公证人几乎不敢相信自己的眼睛，他为亲眼看到这一切感到自豪。

在墓地推销员来访之后，她变成了为数众多的陵园周日访客之一。跟旁边的墓地主人一样，她也在花坛里种下四季鲜花，浇灌新长出的草坪，并用园艺剪刀把它们修剪得几乎可以同市政府的草坪媲美。她对这个地方越来越熟悉，最终开始疑惑，当初怎么会觉得这里那般荒凉。

第一次去陵园的时候，瞥见大门附近那三座无名墓碑，她的心猛地跳了一下，但她甚至没有停下来朝它们看一眼，因为几步之外就站着警觉的警卫。但是第三个周日，她利用警卫的疏忽，完成了自己最大的心愿之一：用唇膏在第一座遭受雨水冲刷的墓碑上写下杜鲁提的名字。从那时起，只要一有机会她就这样做，有时只写一个墓碑，有时候写两个、三个，每次表面都很镇定，心中却因怀旧而波澜起伏。

九月末的一个周日，她目睹了那个山坡上的第一场葬礼。三个星期后，某个冷风肆虐的下午，一个刚结婚的年轻女孩被安葬在她旁边的墓穴。到这年年底，已有七块墓地的主人入土为安。但在短暂的冬季，这个数字没有发生变化。她没有感到任何不适。随着天气逐渐转暖，从打开的窗户涌进来生活的种种喧嚣。她感觉自己更有活力去摆脱梦中那个神秘的预兆了。在最热的几个月里，卡多纳伯爵去山上避暑，回来后发现她甚至比五十多岁时那种令人惊异的青春状态更有魅力。

经历了很多次失败，玛利亚终于成功地让诺伊在布满了一模一样的墓穴的广阔山坡上辨认出了她的墓地，然后开始努力教它在空墓穴前哭泣，以便在她死后，它出于习惯会继续这么做。她一次又一次带着它从家步行到陵园，把路上的标志性建筑指给它看，好让它记住从兰布拉大街出发的那趟公交车的路线，直到觉得它足够老练，可以独自前往。

最后演练的那个周日，下午三点，她为它脱下春天的小马甲，一方面是因为夏天马上就要到了，另一方面也是为了不引起人们的注意，然后把它放了出去。看着它摇晃着尾巴，扭动着结实而悲伤的小屁股，沿着树荫下的人行道一路小跑，越走越远，她几乎忍不住要落下泪来，为自己，也为它，更为了这么多年怀着共同的幻想度过的苦涩岁月，直到看见它拐过马约尔大街的街角，朝着大海的方向走去。十五分钟后，她在旁边的莱塞普广场坐上了从兰布拉大街出发的公交车，设法透过车窗看它而不被它发现。果然，它正在格拉西亚步行街的人行道上等绿灯，在一群欢度周末的孩子中间显得遥远而严肃。

"我的天，"她叹了口气，"它看上去多么孤独。"

她在蒙特惠奇山上顶着烈日等了将近两个小时，其间跟几个人打了招呼。记不清是哪几个周日，他们曾在这里痛不欲生地埋葬亲人。她几乎认不出他们了，因为从那时到现在已经过了这么长时间，他们不再穿着丧服，不再哭泣，在墓前放上鲜花的时候也不再想着死去的人。过了一会儿，所有人都走了，她听到一声凄厉的汽笛声，惊走了海鸥。在无边无际的大海上，航行着一艘挂着巴西国旗的横渡大西洋的白色轮船。她多么希望它为她捎来一封来自某人的信，这个人为了她可能已经死在了伯南布哥[①] 的监狱里。五点刚过，诺伊就出现在山坡上，比预计的时间早到了十二分钟。它因为疲惫和炎热流着口水，但是像一个胜利的孩子一样得意扬扬。那一瞬间，玛利亚克服了对于没有人在她墓前哭泣的恐惧。

第二年秋天，她又开始觉察到不祥的征兆，却无法解释。心情越来越沉重。她又开始在大钟广场的金合欢树下喝咖啡，穿着

①巴西东北部城市，濒临大西洋。

狐狸尾毛领大衣，戴着假花装饰的帽子，这帽子的式样如此古老，以至于又开始流行。她绷紧了神经，试图解释自己的不安。她窥探兰布拉大街上卖鸟的女人们的喋喋不休、围着书摊的男人们的窃窃私语（这么多年来他们第一次没在谈论足球），以及给鸽子喂面包屑的伤兵们深深的沉默。在所有地方她都捕捉到了确凿无疑的死亡信号。圣诞节到了，金合欢树之间亮起了五颜六色的彩灯，从各家的阳台上传来音乐和欢声笑语，一大群与我们的命运毫不相干的游客占领了露天咖啡座。但即便是在热烈的节日气氛中，仍然能够感受到那种压抑的紧张，就像无政府主义者占领街道之前一样。玛利亚亲身经历过那个激情四射的年代，她无法控制内心的不安。有生以来第一次，她因为对死亡的恐惧从睡梦中惊醒。一天晚上，就在她的窗外，国家安全局的爪牙枪杀了一个学生，因为他用大刷子在墙上写下了："自由的加泰罗尼亚万岁！"①

"我的天，"她惊讶地想，"好像所有东西都在跟我一同死去。"

只有在很小的时候，在玛瑙斯，她曾经体会过这样的焦灼：天亮前一分钟，暗夜里的各种噪音突然沉寂下来，水流停止了，时间也踌躇不前，亚马孙雨林陷入了深渊般的寂静，只有死亡的寂静可以与之相提并论。在那样无可纾解的紧张情绪中，四月的最后一个周五，卡多纳伯爵像往常一样来她家吃饭。

这种拜访已经变成了一种习惯。伯爵总是在晚上七点到九点

①原文为加泰罗尼亚语。

之间准时到达，带着一瓶国产香槟和一盒包心松露巧克力，为了不引人注目，还用当天的晚报包着酒瓶。玛利亚为他准备奶酪肉末卷饼和汤浓肉烂的煨鸡，这是那些家世显赫的加泰罗尼亚人在他们的风光年代里最喜欢的菜肴，餐后还有用时令水果榨的果汁。她在厨房忙活的时候，伯爵就在唱机旁一边听着古旧版本的意大利歌剧片段，一边小口抿着波尔图葡萄酒，一杯就足以撑到听完所有唱片。

晚餐通常会持续很长时间，一边吃一边聊天。饭后他们会凭着记忆做爱，毫无激情，过后两人都像经历了一场灾难。通常快到半夜的时候，伯爵才匆忙离去，离开前会在卧室的烟灰缸底下留二十五比塞塔[①]。这是他在帕拉雷洛大街的一家旅馆里第一次见到玛利亚时她的价格，也是唯一一样经历了时间的侵蚀还保持原样的东西。

他们两人都没有思考过，这份友谊建立在什么样的基础上。玛利亚欠他一些不大的人情。在理财方面，他给过她一些适时的建议，教她如何辨别那些古董的真实价值，以及用什么方式得到它们才不会被发现是赃物。但最重要的是，当她待了一辈子的妓院认为她已经太老了，不符合现代口味，想把她打发到一个秘密的老年妓院，以每次五比塞塔的价格教小男孩们做爱的时候，是他为她指了一条明路：在格拉西亚区度过有尊严的晚年。她曾告

①西班牙旧货币单位，已于 2002 年停用。

诉过伯爵，她十四岁时，母亲在玛瑙斯的港口把她卖给一艘土耳其轮船上的大副，他在穿越大西洋的航程中无情地蹂躏她，之后把她抛弃在帕拉雷洛大街肮脏的灯光下，身无分文，语言不通，没有身份。他们两人都清楚，彼此的共同点太少，即便待在一起，也不会少些孤独。但两人都没有勇气破除习惯的诱惑，直到一桩举国震动的事件使他们同时发现，这么多年以来，他们彼此之间是如何深深怨恨，又充满柔情。

他们的决裂发生得很突然。当时卡多纳伯爵正在听利西亚·阿尔巴内塞[①]和贝尼亚米诺·吉利[②]演唱的二重唱爱情歌剧《波西米亚人》[③]，玛利亚在厨房听收音机。突然，收音机里的一条新闻引起了他的注意。他轻手轻脚地走近厨房，也听了起来。三个巴斯克[④]分裂主义者刚刚被判处死刑，而弗朗西斯科·佛朗哥将军，西班牙永恒的统治者，将决定他们最终的命运。伯爵长出了口气。

“那么毫无疑问他们会被枪毙了。”他说，“因为领袖是个公正的人。”

玛利亚用眼镜王蛇一般灼灼的目光盯着他，看到他金框眼镜后面毫无生气的眼睛、猛禽般的牙齿、习惯了黑暗潮湿的动物那样畸形的双手。他就是这样。

①利西亚·阿尔巴内塞（1909－2014），意大利裔美籍歌剧女高音歌唱家。

②贝尼亚米诺·吉利（1890－1957），意大利歌剧男高音歌唱家。

③意大利歌剧作曲家贾科莫·普契尼（1858－1924）的作品。

④西班牙西北部自治区。

“那你就祈求上帝不要发生这样的事，”她说，“因为只要有一个人被枪毙，我就往你的汤里投毒。”

伯爵吓了一跳。

“这是为什么？”

“因为我也是一个公正的妓女。”

卡多纳伯爵再也没有来过，玛利亚确信她生命的最后一个周期结束了。事实上，直到不久之前，如果在公交车上有人给她让座，过马路时有人试图帮她，或者上楼梯的时候有人搀着她，她还会感到愤愤不平。但现在，她不但接受了，甚至开始觉得这是一种无奈的需要，希望被满足。于是，她请人做了一块无政府主义者的墓碑，既没有名字也没有日期，睡觉时不再插上门闩，万一她在睡梦中死去，诺伊可以把消息传递出去。

一个周日，她从墓地回来时，在楼梯平台上遇到了住在对门的小女孩。她陪着她走了好几个街区，一边看着她跟诺伊像老朋友一样嬉闹，一边以老祖母的坦率同她聊各种事情。在钻石广场，像计划的那样，她请小女孩吃了一个冰激凌。

“你喜欢小狗吗？”她问。

“特别喜欢。”小女孩回答。

于是玛利亚向她提出了从很久以前就开始在心中酝酿的建议。

“如果有一天我出了什么事，你来照顾诺伊吧。”她说，“唯一的条件就是每周日放它自由行动。什么都不用担心，它知道该怎么做。”

小女孩很高兴。玛利亚也兴高采烈地回了家，觉得实现了心中酝酿成熟多年的梦想。然而，这个梦想并没有变成现实，不是因为迟暮的脆弱，也不是因为死神姗姗来迟，甚至都不是她自己的决定。命运为她选择了十一月一个寒冷的下午。她离开公墓时，突然下起了暴雨。那时她刚在那三块无名碑上写下逝者们的名字，正朝公交车站走去。一阵突如其来的雨浇得她浑身湿透，她匆忙躲到一个废弃的街区的门廊下。这个街区看上去像是在另一个城市，倒塌的仓库、落满灰尘的厂房和巨大的货车使暴雨的喧嚣更加可怖。她试图用身体暖和被淋湿的小狗，与此同时，眼睁睁地看着挤得满满的公交车和插着停运小旗的空出租车一辆接一辆疾驰而过，没有一个人理会她求助的手势。就在她完全绝望，觉得只能指望奇迹的时候，一辆豪华的金色轿车几乎是无声无息地从洪水泛滥的街上驶过，突然在街角停下，然后倒回她站的地方。唰的一声，车窗神奇地降了下来，司机表示可以捎她一程。

“我要去很远的地方。”玛利亚诚恳地说，“但是如果您能带我一段，让我离家更近一点儿的话，那就帮了我的大忙。”

“请告诉我您去哪儿。”司机坚持说。

“去格拉西亚。”她说。

没有任何触碰，车门自动开了。

“我也要去那儿。”他说，“上车吧。”

坐在弥漫着冷藏药品味道的车里，外面的大雨显得如此不真实，城市变了颜色，她感到自己身处一个陌生而幸福的世界，在这个世界中所有的事情都已注定。司机像是会魔法一般，驾驶车子在混乱的车流中游刃有余地前进。玛利亚有些难为情，不仅因为自己的狼狈，也因为在她膝头睡觉的小狗的可怜样儿。

“这简直是一艘远洋轮船。”她觉得应该说点儿体面的话，“我从来没见过这么高级的车，做梦都没梦见过。”

“事实上，它唯一的缺点就是不属于我。”他的加泰罗尼亚语说得磕磕绊绊，停顿了片刻，又用卡斯蒂利亚语补充道：“我一辈子的薪水加起来也买不起。”

“我能想象。”她叹了口气。

她斜着眼睛打量他，发现他几乎还是个孩子。他的脸被仪表盘的光映成了绿色，头发又短又鬈曲，侧影像一尊古罗马铜像。她想他并非美男子，但是有一种特别的魅力，身上那件穿得很旧的廉价皮夹克十分衬他。每次看到他回家，他母亲肯定感到非常幸福。只有那双粗糙的手能让人相信他真的不是这辆车的主人。

一路上他们没再交谈，但玛利亚感觉到他几次偷偷看她，这让她再次为自己到这把年纪还活着感到难过。她觉得自己既丑陋又可悲：刚开始下雨的时候她把做饭时用的手巾随便往头上一系，身上还穿着单薄的秋装，因为整天想着死亡，尚未想到换上应季的装束。

当他们到达格拉西亚区的时候，雨渐渐停了。夜幕降临，街灯亮了。玛利亚告诉司机把她放在附近的一个街角，但他坚持要把她送到家门口。不仅如此，他还把车停到人行道旁，这样她下车时就不会弄湿鞋子。她放开小狗，尽力用最体面的姿势下了车。但当她回头表示感谢时，遇到的却是让她呼吸暂停的男性目光。她与那双眼睛对视了片刻，不太明白是谁在期待什么，或是在期待谁。这时，他用非常坚决的口气问：

“我能上去吗？”

玛利亚感觉受到了侮辱。

“非常感谢您能捎我一段，”她说，“但我不允许您这样取笑我。”

“我没有理由嘲笑任何人。”他用卡斯蒂利亚语说，语气严肃而坚决，“更别提是对您这样的女士。”

玛利亚见过很多这样的男人，也拯救过很多比他更大胆、为她死去活来的男人，但在漫长的一生中，从来没有像现在这样害怕做出决定。她听到他又问了一遍，语气没有丝毫改变：

“我能上去吗？”

她下了车，但没有关上车门。为了确保他能听懂，她用卡斯蒂利亚语回答说：

“悉听尊便。”

她走进昏暗的门厅，借着斜射进来的街灯的光线，开始爬第一段楼梯。她双膝发抖，被恐惧压得喘不过气来，这种恐惧她曾经以为只有在临死的时候才能体会到。她在家门口停下脚步，颤抖着急切地在口袋里寻找钥匙，街上连着传来两下关车门的声音。跑在前面的诺伊刚想叫，她极其小声地命令它：“闭嘴！”几乎就在同时，她感觉到有人走上了那松松垮垮的楼梯，她的心都要跳出来了。那一瞬间，她重新完整地审视了一遍三年前那个改变她生活的隐含预兆的梦，恍然大悟。

“我的天。”她惊讶地想，“原来那不是死亡。”

最后她终于找到了门锁，听着黑暗中的脚步声，听着黑暗中正在靠近的那个和她一样惶恐的人越来越清晰的呼吸声，她意识到，等待了这么多年，在黑暗中忍受了这么多痛苦，都是值得的，哪怕只是为了经历这一瞬间。

一九七九年五月

十七个中毒的英国人

Diecisiete ingleses envenenados

到达那不勒斯港时，普鲁登西亚·利内罗女士注意到的第一件事就是这里的气味跟里奥阿查港[1]一样。当然，她没有对任何人提起这一点，因为这艘破旧的远洋轮船上全是从布宜诺斯艾利斯上来的意大利人，这是战后他们第一次返回故土，没有人会理解她的感受。但无论如何，以七十二岁高龄抛家别子，在波涛汹涌的大海上颠簸了十八天之后，她总算感到不那么孤单，惊惶，同周围格格不入了。

天刚蒙蒙亮，人们就看见了陆地上的灯光。旅客们起得比往常早，怀着对下船后的境况的担忧换上了新衣。因此，在船上度过的这最后一个周日看上去像是整个旅途中唯一一个真正的周日。普鲁登西亚·利内罗女士是为数不多的参加弥撒的人之一。之前在船上她一直服半丧，为了下船，她换上了一件粗帆布褐色长袍，

①哥伦比亚北部港口。

腰间系着方济各会的绳结腰带，脚上穿一双粗革凉鞋，这双鞋除了太新之外，看上去完全是一双朝圣者的鞋子。她这是提前兑现了自己的承诺：她曾发誓，如果上帝慈悲让她有机会到罗马瞻仰教皇，她就至死都穿着这件长及脚跟的袍子。而现在，这个心愿已经可以被视为实现了。在弥撒结束之前，她在神前点了一根蜡烛，感谢他赐予自己勇气抵御加勒比海上的风暴。接着她又为自己的九个儿女和十四个孙辈各念了一遍祈祷的经文。此时此刻，他们正在里奥阿查狂风肆虐的夜里梦着她。

早饭后，她登上甲板，发现船上的生活已经改变。行李全都堆在跳舞的大厅里，周围摆满了意大利人从安的列斯那些神奇的集市上购买的旅游纪念品，在酒吧的柜台里，一只伯南布哥的猕猴被关在铁笼子里。这是八月初一个明媚的早晨，也是战后一个典型的夏日周末，在战时，阳光不过是每一天开始的提示。巨大的轮船在清澈的海水中缓慢地行驶，像病人一样气喘吁吁。地平线上，安茹公爵阴森的城堡刚刚开始若隐若现，那些倚着栏杆探身出去的旅客就自以为认出了他们熟悉的地方，虽然并没有确切地看到，他们还是用手指着，用南欧方言欣喜若狂地大喊大叫。普鲁登西亚·利内罗女士在船上交了许多好朋友，因为她总是在父母们跳舞的时候帮忙照看小孩子，甚至还为大副的水手衫缝过扣子，这时却突然发现他们是如此陌生。当她第一次遭遇热带气候萎靡不振时，那种相互关怀的社会精神和人性温暖曾经帮助她驱散了第一缕乡愁，如今它们已消失殆尽。永恒的同舟共济之情在港口映入眼帘的那一瞬间就结束了。普鲁登西亚·利内罗女士不了解意大利人善变的天性，她认为责任不在其他人心中，而在自己心中，因为在返乡的人群中她是唯一一个混迹其间的外乡人。出门在外就是这样吧，她心里想。倚在栏杆上，凝视着消失在深海中的无数个世界的遗迹，她人生中第一次感觉到作为外来者的刺痛。突然，她身边一个非常美丽的女孩失声尖叫，把她吓了一跳。

“我的妈呀，”[①] 她指着海里喊道，“快看那边！”

是一个溺水的人。普鲁登西亚·利内罗女士看到他仰面漂浮在水中。这是一个秃顶的中年男子，有着罕见的天生的优雅风度，真诚欢快的眼睛同清晨的天空一个颜色。他身着礼服，里面是锦缎马甲，脚上穿着漆皮短靴，领子上还别着一朵绽放的栀子花。右手有一个用礼品纸包裹的小方盒子，青紫色的僵硬手指紧紧抓着打了蝴蝶结的缎带，那是他在死去的一瞬间抓住的唯一的东西。

“他肯定是在参加婚礼的时候掉下去的。”一位船员说，“在这片海域，夏天经常发生这种事。”

这一幕一闪而过。轮船已经驶入港湾，旅客们的注意力转移到了一些不那么阴郁的事情上。但普鲁登西亚·利内罗女士还在想着那个溺死的人。那个可怜的人，他的长尾礼服在轮船的尾波

①原文为意大利语。

中漂荡。

船一进港，一艘破旧的牵引船就迎了上来，用绳子牵着它穿过众多毁于战火的军舰的残骸。随着轮船在锈铜烂铁中前行，海水渐渐变得满是油污，天气比里奥阿查下午两点还要炎热。在上午十一点的烈日下，整个城市突然出现在峡谷的另一边，有梦幻般的宫殿，还有山坡上挤挤挨挨、五颜六色的老旧小屋。这时，从被搅动的水下散发出一种令人难以忍受的恶臭，普鲁登西亚·利内罗女士觉得，那正是她家院子里腐烂的螃蟹的味道。

随着轮船慢慢靠岸，旅客们认出了各自的亲属，激动得大呼小叫，码头上一片混乱。大部分是中年主妇，引人注目的胸脯紧紧地裹在丧服里，领着世界上最多也最漂亮的孩子。还有矮小勤勉的丈夫们，这种男人都是圣人：把报纸让给妻子先读，在大热天也穿着严严实实的书记员制服。

在集市般的喧闹中，一个很老的神情绝望的男人用双手从破破烂烂的外套口袋里掏出一把又一把毛茸茸的小鸡。这些小生命一下子占领了码头，唧唧叫着，发疯一样到处乱跑。也许它们真的是有魔力的动物，许多小鸡在被无视这一奇景的人们踩到后仍然活蹦乱跳。魔术师把帽子口朝上放在地上，但是甲板上没有一个人给他扔钱。

普鲁登西亚·利内罗女士被这一壮观景象迷住了。这仿佛是专门为她进行的一场表演，因为只有她对魔术师表示了感谢。她没有注意到船员们什么时候放下了舷梯，人群如雪崩一般涌上来，船上像突然来了一群海盗，场面激烈而嘈杂。炎炎夏日里这么多人身上散发出的洋葱的腐臭味以及这么多家庭的欣喜若狂让她感到眩晕，一大帮搬运工拳脚相向争抢旅客的行李令她震惊，害怕自己会像码头上那些小鸡崽儿一样被践踏而死。于是她坐在黄铜包角的木箱子上，心无旁骛地一遍又一遍默念着在异教徒的土地上抵御诱惑和危险的经文。混乱结束后，大副发现只剩她还待在空荡荡的大厅里。

"这时候不该还有人留在这儿。"大副和善地说，"有什么我能帮您的吗？"

"我得在这儿等领事。"她说。

没错。在出发前两天，她的大儿子给自己的朋友，也就是驻那不勒斯的领事发了一封电报，请求他到港口接她，并帮她办理前往罗马的手续。他把轮船的名字、到达时间一并发了过来，还告诉领事，她下船时会穿上方济各会的长袍，很容易辨认。她表现得很坚定，所以大副允许她再多等一会儿。马上要到船员们吃午饭的时间了，大厅的椅子都已经倒扣在桌上。船员们正在泼水清洗甲板，为了不把她的箱子弄湿，好几次不得不帮她挪开。她虽然一再变换位置，却未受干扰，没有中断过祈祷，直到被他们从娱乐厅赶了出来。最后，她不得不顶着烈日坐在一堆救生小艇中间。快到下午两点的时候，大副经过那里时看到了她，穿着那身捂得严严实实的忏悔服，热得汗流浃背，绝望地念着玫瑰经。她既恐惧又悲伤，几乎忍不住要哭出来。

“一直祈祷有什么用。”大副也失去了耐心，“在八月份，连上帝都去度假了。”

他告诉她，在这个季节，一半的意大利人都在海滩上，尤其是周日。也许领事由于工作性质的原因没有出去度假，但毫无疑问在周一之前是不会上班的。此刻唯一明智的做法就是找一家旅馆，好好休息一晚，第二天给领事馆打个电话，号码在黄页上肯定能找到。无奈之下，普鲁登西亚·利内罗女士只得听从了这个建议。大副帮她办完了入关手续，还帮她换了钱，然后把她送上一辆出租车，笼统地指示司机带她去一家像样的旅馆。

这辆破旧的出租车走得跟灵车一样慢，颠簸着穿过空荡荡的街道。有那么一瞬间，普鲁登西亚·利内罗女士觉得，在这座街心的电线上挂满幽灵的城市里，她和司机是仅有的活着的生灵。但是她又想，一个总是喋喋不休、如此热衷说话的男人应该没有工夫伤害她这样孤身一人的可怜女人。为了见到教皇，她甚至敢于漂洋过海。

穿过迷宫般的街道，终于又看到了大海。出租车继续颠簸着行驶在一片炙热空旷的沙滩上。沿途有很多色彩鲜艳的小旅馆。但司机没有在其中任何一家门口停下，而是直接开到了外表最不显眼的那家，外面是个公园，种着巨大的棕榈树，安放着绿色长凳。

司机把箱子放在树荫下的人行道上，看到普鲁登西亚·利内罗女士一脸怀疑，向她保证说，这是那不勒斯最体面的旅店。

一个英俊和蔼的行李员把箱子扛在肩上，把她带进了楼里。电梯夹在楼梯井中，是用金属网临时搭建的。一上电梯，他就开始旁若无人地大声唱起普契尼的一首咏叹调。这是一栋改造过的老房子，共九层，每层都有一家不同的旅馆。普鲁登西亚·利内罗女士突然产生了幻觉，觉得自己被塞进了一个鸡笼，在明晃晃的大理石楼梯中间缓慢地上升，在不经意间窥见房客们最隐秘的不安、破了洞的衬裤，以及泛酸的嗝儿。到三层的时候，电梯猛地停了下来，行李员停止歌唱，打开菱形推拉门，殷勤地躬身对她说，到了这里就像回到家一样。

她看见木头柜台后面坐着一个无精打采的孩子，前厅镶着五颜六色的玻璃，铜花盆里种着绿荫植物。她马上就喜欢上了这孩子，因为他有着跟她的小孙子一样的六翼天使般的卷发。她喜欢刻在铜匾上的旅馆名字，喜欢那股碳酸的味道，喜欢悬挂着的蕨类植物，喜欢那安静的氛围，也喜欢壁纸上的金百合图案。但是跨出电梯后，她心里一沉。一群穿着短裤和沙滩鞋的英国人在前厅的扶手椅上躺成一排，正在打盹。一共十七个。他们坐的位置完全对称，就好像一个人在镜廊里被反射了很多次。普鲁登西亚·利内罗女士第一眼看过去时，觉得他们几乎一模一样，唯一给她留下深刻印象的是那长长的一排粉红色膝盖，就像肉店钩子上挂着的猪肩肉。

她没有继续往前走，而是有些不知所措地回到了电梯里。

“去其他层吧。”她说。

“但这是唯一一家有餐厅的，女士。”行李员说。

“没关系。”她说。

行李员表示遵命。他关上电梯门，接着唱刚才没唱完的那首咏叹调，直到电梯到达五层。这里的一切都没有刚才那家精致，店主是一位年轻的主妇，西班牙语说得很好，而且没有人在前厅的椅子上睡午觉。确实没有餐厅，但旅馆跟附近的一家小餐馆有协议，房客前去就餐可以享受优惠。于是普鲁登西亚·利内罗女士决定就在这里住一晚，一方面是被女店主的口才及其和善的态度所征服，另一方面也是因为看到前厅没有粉红色膝盖的英国人在睡觉而松了一口气。

下午两点，房间的百叶窗紧闭着，昏暗的室内保持着密林般的凉爽和寂静，很适合哭泣。女店主一走，普鲁登西亚·利内罗女士就把两道门闩都插上，然后去小便。这是从早晨到现在她第一次上厕所，尿流很细，排泄也很费劲。但这让她找回了在旅途中迷失的自己。接着，她脱掉凉鞋，解开腰间的绳子，朝左侧躺在床上。对她一个人来说，这张双人床显得太宽大太孤单了。她忍了很久的泪水终于决堤。

这是她第一次离开里奥阿查。自从孩子们结婚自立门户，只留下她跟两个赤脚的印第安用人一起在家照顾丈夫那具早已没有意识的躯体，她甚至很少走出家门。她的半辈子都是在卧室中度过的，面对着自己唯一爱过的男人的残躯。他在将近三十年中一直昏迷不醒，躺在那张铺着小羊皮床垫、见证过他们青春和爱情的床上。

去年十月，他突然清醒过来，睁开眼睛，认出了身边的人，并要求请一个摄影师来。摄影师从器材库里给老人搬来了巨大的蒙着黑布的风箱照相机，还有用于拍摄室内相片的镁光灯。病人亲自指挥拍摄。“先跟普鲁登西亚拍一张，为了这一生中她给予我的爱和幸福。”他说。镁光灯一闪，摄影师拍下了第一张照片。“现在，再拍两张给我珍爱的两个女儿，小普鲁登西亚和纳塔莉亚。”他说。摄影师拍了。“另外两张给我的两个儿子，他们的孝顺和谨慎是我们家的楷模。”他说。就这样，一直拍到胶卷用尽，摄影师不得不回家去取。到了下午四点，房间里因为镁光灯的烟雾和闻讯赶来领取相片的亲戚、朋友及熟人的喧嚷变得令人窒息，病人开始在床上慢慢死去，同时还挥着手向众人告别，仿佛在渐行渐远的船上倚着栏杆把自己从这个世界抹去。

出乎所有人的意料，他的死并没有让她解脱。相反，她伤心欲绝。儿女们聚在一起，问她怎样才能感到宽慰，她回答说，自己唯一的心愿就是去罗马见见教皇。

“我要一个人去，并且穿着圣方济各的修士服，”她告诉他们，“这是我的承诺。”

在照料病人的那些年里，她唯一的乐趣就是哭泣。在船上时，因为不得不跟两位去往马赛的贫穷修女会[1]的修女共处一室，她总是躲在卫生间里迟迟不出来，就为了不让别人看到她哭泣。因此，那不勒斯这家旅馆的房间是她离开里奥阿查以来遇到的唯一一个适合放松地哭泣的地方。要不是下午七点女店主来敲门，告诉她如果不及时去小餐馆吃饭，晚饭就没得吃了，她能一直哭到第二天去往罗马的火车出发的时候。

旅馆的伙计陪她去餐馆。从海上吹来一阵清凉的微风，在傍晚七点暗淡的天光下，海滩上仍有一些游泳的人。普鲁登西亚·利内罗女士跟着伙计走在陡峭而狭窄的小街组成的迷宫中，这些小街似乎刚从周日的午睡中醒来。她突然发现自己来到了一个藤架下，餐桌上铺着红格子桌布，临时充作花瓶的细颈腌坛里插着纸花。时间尚早，只有服务员们自己在吃饭，一个可怜巴巴的修士独自在一个僻静的角落就着洋葱啃面包。一进去，她就感觉到所有人的目光都投向她，因为那件褐色的修士服，但她面不改色，因为清楚这种可笑的穿着是忏悔的一部分。服务员是一个美丽的金发碧眼的女孩，说起话来像唱歌一样好听，让她不禁产生了一丝怜悯。她想，像这样的女孩也只能在小餐馆里当服务员，看来战后意大利的情况确实非常糟糕。不过，待在开满鲜花的藤架下让她感觉很舒服，厨房里飘来的放了月桂的菜肴的香味勾起了她

①圣方济各会的一个分支。

的食欲，这一天因为太过忧虑，她都忘记了饥饿。很长时间以来，她第一次没有了哭的欲望。

然而，这顿饭她也没能吃得自在。一方面是因为，虽然那位金发碧眼的女服务员和善又耐心，跟她沟通起来却很困难；另一方面是因为餐馆里唯一能提供的荤菜竟然是几只叫声悦耳动听的小鸟，而且正是她在里奥阿查的家里拿笼子养着的那种。在角落里吃饭的修士为她们充当起了翻译，他努力向她解释，欧洲还没有度过战时的物资匮乏，还有山上的鸟可吃在这里简直就是一种奇迹。但是她拒绝了。

"对我来说，"她说，"那就像吃掉自己的孩子一样。"

就这样，她不得不因陋就简，吃了一碗面条汤，一份炖西葫芦，里面有几条陈年腌肉，以及一块像大理石一样硬的面包。在她吃饭的时候，那位修士走过来恳求她请他喝一杯咖啡，并且坐在了她旁边。他是南斯拉夫人，但是曾在玻利维亚传道，他的西班牙语说得不怎么好，但是表达能力很强。在普鲁登西亚·利内罗女士看来，他就是个普通人，身上丝毫没有奢侈生活遗留的痕迹。她注意到他的手并不光滑，指甲开裂肮脏，身上散发着浓烈的洋葱味，顽固得就像是他性格的一部分似的。但是无论如何，他为上帝服务，而且在离家万里之遥的地方，能遇到一个跟自己相互理解的人，还算是一件愉快的事情。

他们边吃边聊。随着食客越来越多，旁边的桌子坐满了，周围充满了羊圈一样嘈杂的谈话声，但他们并没有受到干扰。普鲁登西亚·利内罗女士已经对意大利有了一个明确的印象：不喜欢。不是因为这里的男人有些放肆，虽然那对她来说已经很过分了，也不是因为这里的人吃山上的鸟，虽然她难以接受，而是因为这里人性不善，居然任由溺死的人在海里漂着。

除了咖啡，修士还让她请了一杯格拉巴酒。他试图让她认识到这个结论下得太轻率。因为在战时意大利已经建立了一套非常有效率的系统，用来救援、辨认以及在圣地埋葬那许多溺水而亡的人，这些人总是在天亮时被发现漂浮在那不勒斯海湾。

“几个世纪以前，”修士总结说，“意大利人就意识到人的生命只有一次，并努力把这唯一的一次生命过到最好。这使他们变得精于算计、反复无常，但是也治愈了他们的残酷。”

“他们甚至都没有把船停下。”她说。

“他们所做的是通过无线电通知港口管理部门，”修士说，“现在应该已经打捞上来，并以上帝的名义埋葬了。”

这个话题使两人都有些闷闷不乐。普鲁登西亚·利内罗女士已经吃完了，直到这时她才发现所有的桌子都坐满了。离她最近的那几桌坐的都是几乎全裸的游客，正在默默地用餐，其中有几对恋爱中的男女顾不上吃饭，不停地相互亲吻。在里面靠近柜台的桌子旁，附近的居民正在一边玩骰子一边喝一种无色的廉价葡萄酒。普鲁登西亚·利内罗女士明白，她只有一个理由继续待在这个令人讨厌的国家。

“您认为要见到教皇很难吗？”她问。

修士回答说，没有比夏天见教皇更容易的事了。教皇正在甘多尔福堡度假，每周三下午公开接见来自全世界的朝见者。门票很便宜：二十里拉。

“那如果想单独向他忏悔要多少钱？”她问。

“教皇不听任何人忏悔。”修士有点儿震惊，“当然，除了国王。”

“我不明白他为什么要拒绝我这样一个远道而来的可怜女人。”她说。

“就连有些国王，虽然贵为国王，却到死都没有等到向教皇忏悔。”修士说，“但是请告诉我，您犯下了什么可怕的罪孽，需要千里迢迢来找教皇忏悔呢？”

普鲁登西亚·利内罗女士想了一会儿，修士第一次看到她微笑了。

“圣母啊，”她说，“我只须看他一眼就够了。”然后她由衷地叹息了一声，补充说：“这是我毕生的愿望。”

事实上，她仍旧感到恐惧和悲伤。她现在唯一想做的事情就是立刻离开，不只离开这个地方，而且离开意大利。修士可能觉得继续陪她聊下去也没有什么油水可捞了，于是对她说了句“祝您好运”，起身到另一张桌子上讨咖啡去了。

离开餐馆时，普鲁登西亚·利内罗女士发现这个城市变了模样。

太阳到晚上九点还没有落山，让她十分惊讶。涌上街头享受清爽晚风的喧嚣的人群让她感到害怕。无数发疯的摩托车发出震耳欲聋的轰鸣，让她无法忍受。骑摩托车的男人们光着上身，漂亮的女伴在后座上搂着他们的腰，车子在猪肉铺和西瓜摊间一蹦一蹦地蜿蜒行进。

周围的气氛如过节般欢腾，但对普鲁登西亚·利内罗女士来说简直是一场灾难。她迷了路，突然发现自己走进了一条古怪的街道，所有房子都一模一样，面色阴郁的女人坐在门口，房子里红色的灯光时明时灭，她害怕得浑身发抖。一个穿着考究的男人，手上戴着粗大的金戒指，领带上镶着一颗钻石，跟了她好几个街区，先用意大利语，接着又用英语和法语跟她说着什么。看她一直不回应，就从口袋里拿出一捆明信片，抽出一张给她看。而她只扫了一眼就感觉自己正在穿越地狱。

她惊恐万状，落荒而逃。在街道尽头，她终于又看到了黄昏的大海，闻到了那股跟里奥阿查港一样的腐烂海鲜的臭味，于是放下心来。她认出了空荡荡的海滩对面那些五颜六色的旅馆、灵车一样的出租车，以及无垠的夜空中第一颗钻石般耀眼的星星。在海湾尽头，她认出了来时乘坐的那艘巨大的轮船，甲板上亮着灯，孤零零地泊在那里。她意识到，这艘轮船跟她已经毫无关系了。她从那里往左拐了进去，但是没法再往前走了，因为前面聚集了一大帮好奇的人，被一辆警车挡在封锁线外。一排救护车敞着车门，停在她住的那栋楼前面。

普鲁登西亚·利内罗女士踮起脚尖，越过那群看客的肩头，再次看到了那些英国游客。他们正一个接一个被人用担架抬出来，一动不动，神色庄重，看起来依旧像是同一个人被反射了很多次。为了晚餐，他们都穿上了正装：法兰绒裤子，斜条纹领带，深色外套，胸袋上绣着三一学院的盾徽。当他们被抬出来时，从阳台上探出身子的附近居民，还有被堵在街上的好奇的人群，像在观看体育比赛一样齐声数数。一共是十七个。救护人员把他们两个两个地放进救护车，然后车子鸣着警笛开走了。

普鲁登西亚·利内罗女士被这么多意外状况弄得茫然失措，她走进电梯，里面挤满了其他楼层的房客，说着她完全听不懂的语言。每一层都有人下，除了三层。三层的旅馆大门敞开，灯亮着，但是柜台后面没有人，前厅的扶手椅上也没有人，就是在那里，她看到了那十七个午睡的英国人粉红色的膝盖。五层的女店主兴奋不已地评论着刚刚发生的悲剧。

“全死了！”她用西班牙语对普鲁登西亚·利内罗女士说，“晚餐时他们喝了牡蛎汤，都被毒死了。八月份的牡蛎，您想想！”

女店主把房间的钥匙递过来，就不再理会她了，而是用本地话对其他客人说：“因为这里没有餐厅，所以在这里过夜的人全都安然无恙！”普鲁登西亚·利内罗女士再次感到喉头哽咽。在这个国家可以同时发生这么多可怕的事，她插上房间的门闩，然后把小写字台和扶手椅都拖过来顶到门上，最后把箱子也放到门口，好像要建一道不可逾越的壁垒来抵御心中的恐惧。接着她换上寡妇的睡衣，仰面躺在床上，念了十七遍玫瑰经，祈祷那十七个中毒的英国人的亡魂能够安息。

一九八〇年四月

山魔

Tramontana

我只见过他一次，在巴塞罗那时髦的夜总会“薄伽丘”，就在他发生意外前几个小时。当时是凌晨两点，他正被一群瑞典来的年轻人缠住不放，他们想把他带到卡达克斯去继续狂欢。他们一共有十一个人，很难分辨谁是谁，因为那些男孩女孩看起来都差不多：漂亮，窄臀，金色长发。他应该不超过二十岁。一头油亮的卷发；淡褐色的面庞十分光洁，一看就是在母亲的呵护下很少走在大太阳下的那种加勒比人；阿拉伯人一样的眼神足以使那些瑞典女孩神魂颠倒，也许还有几个瑞典男孩。为了说服他跟他们去卡达克斯，他们把他摁在吧台那儿，他像个木偶一样坐着，而他们则一边拍手，一边对着他唱流行歌曲。他惊恐万状地向他们解释不去的理由。有人高声叫嚷要他们别再骚扰他，其中一个瑞典男孩对着那人笑得喘不过气来。

“他是我们的！”他喊道，“是我们在垃圾桶里发现的！”

那会儿我刚跟几个朋友在音乐宫听完大卫·奥伊斯特拉赫[①]的最后一场音乐会，来到这家酒吧。瑞典人如此不信邪，让我寒毛直竖。因为那个小伙子不去的理由是很神圣的。去年夏天之前他一直住在卡达克斯，在一家时髦酒吧演唱安的列斯群岛的歌曲，直到遭遇山魔。第二天他就落荒而逃，并下定决心永远不再回去。他确信，不管会不会遇到山魔，只要他再回到那里，等待他的一定是死亡。这种加勒比式的确信是不可能被一群北欧理性主义者理解的，更何况炎热的天气使人躁动，那个年代廉价的加泰罗尼亚葡萄酒让人想要沉迷放纵。

我比任何人都能理解他。卡达克斯是布拉瓦海岸最美的村落之一，也是保存得最好的。这部分是因为通往那里的公路都建在万丈悬崖边，狭窄而曲折，只有心理素质非常过硬的司机才有可能开到每小时五十公里以上。那里的房子永远都是白色的，矮矮的，那是地中海渔村的传统风格。新的建筑都是由著名的建筑设计师建造的，十分尊重原有的和谐。夏日里，当酷暑仿佛来自对岸的非洲荒漠时，卡达克斯会变成一座嘈杂不堪的“巴别塔”。在那三个月里，来自整个欧洲的游客同当地居民，以及那些幸运地在早些年以低价购入这里房产的外乡人，争夺着这个天堂。然而，在春天和秋天这两个卡达克斯最迷人的季节，所有人都生活在对山魔的恐惧中。这是一种狂暴而顽固的陆地风，当地人和一些亲

①大卫·奥伊斯特拉赫（1908–1974），苏联著名小提琴演奏家。

身领教过的作家认为，它有一种令人发狂的魔力。

大约十五年前，我是卡达克斯的常客，直到山魔闯入我们的生活。在它到来之前我就感觉到了。一个周日的午睡时间，我生出一种无法解释的预感，总觉得要发生什么事，情绪低落，无来由地感到悲伤，不管待在家中哪里，我都觉得我那两个不到十岁的儿子在用带着敌意的目光看着我。不久，门房带着工具箱和一些航海用的麻绳来加固门窗。他对我的萎靡不振毫不惊讶。

“是因为山魔。”他对我说，“不消一个钟头就会到达这里。”

他是一个老水手，年纪很大了，皮肤像是被全世界的盐腌过一样，总是穿戴着职业生涯留下的防水外套和帽子，叼着水烟袋。闲暇之余，就在广场上同那些经历过几次战败的老兵们一起玩滚球，或者在沙滩上的小酒馆里跟游客喝喝开胃酒。他有一种能力，可以让说任何语言的人听懂他那一口炮兵式加泰罗尼亚语。他知道地球上所有的港口，但对内陆城市却一无所知。对这一点他引以为荣，经常说：“连法国的巴黎都不值一提。”而且他不信任任何非航海的交通工具。

在最后几年中，他突然就衰老了，不再上街，大部分时间都待在门房小屋里。形单影只，他一辈子都是这样过来的。一个铁皮罐和一只酒精炉就是他的厨房，但已足够他做出令所有人赞叹的精致的哥特美食。每天天一亮，他就开始为房客忙前忙后，挨家挨户地服务。他是我这辈子见过的最乐于助人的人之一，除了慷慨的天性，还有加泰罗尼亚人特有的那种粗糙的柔情。他寡言少语，但说出的话总是直中要害。闲来无事，他会填写预测足球比分的表格来打发时间，但很少寄出去。

那天，为了防止发生事故，他来加固门窗，一边干活一边跟我们聊起了山魔。话语间仿佛那是一个令他深恶痛绝的女人，然而没有了她，生命就失去了意义。我很惊讶，一个老水手竟然会对一种陆地风如此敬畏。

“因为它更古老。”他说。

在我的印象中，他的时间不是按照日和月而是按照山魔来临的次数划分的。有一次他跟我说：“去年，大约在第二次山魔走后三天，我的肠子就出了问题。”这也许解释了为什么他相信，每次山魔走后，人就会一下子老好几岁。他对山魔的痴迷如此明显，使得我们急切地想见识一下，似乎那是一种虽然致命却令人羡慕的经验。

我们并没有等太久。门房刚离开，我们就听到一种哨声，越来越尖锐，越来越密集，最后消融在地动山摇的咆哮声中。山魔来了。起初是间歇性的爆发，间隔时间一次比一次短，直到最后驻扎下来，没有片刻停顿，没有一丝缓和，它的凶猛暴烈之中似乎有种超自然的东西。跟加勒比地区常见的房子不同，我们在这里住的房子对着山，这也许是因为老加泰罗尼亚居民那种爱着大海又不想看到它的古怪心理。因此，这风是正对着我们扑过来的，连窗户上的插销都快被吹断了。

最让我惊讶的是，天气还是好得不可思议，金色的太阳高挂在湛蓝的天空中。因此我决定带着孩子们出去看看海上的情况。不管怎么说，他们也是在墨西哥的地震和加勒比的飓风中长大的，一般的狂风在我们看来完全没必要大惊小怪。我们踮着脚尖经过门房小屋，看到他坐在一盘菜豆炖香肠面前，一动不动地看着窗外的风。他没有看到我们出去。

在房子的背风处还勉强能走路，但当走到毫无遮拦的拐角处时，我们不得不抱住一根木桩才没有被刮跑。就这样，在陆地的灾难中，我们羡慕地眺望清澈而平静的海洋，直到门房在几个邻居的帮助下前来救援。这时候我们才确信，应对山魔唯一理智的做法就是把自己关在家里，直到上帝想让它停歇。但是没有人知道上帝什么时候才会这么想。

两天后，我们开始觉得，这种令人恐惧的风不像是一种陆地上的自然现象，而像是一个人对另一个人的伤害，而且只针对那个人。门房每天都来看我们好几次，为我们的精神状态忧心忡忡。他给我们带来时令水果，给孩子们带来夹心饼干，周二中午还送了我们一道他用加泰罗尼亚菜园的出产和铁皮罐烹饪出来的经典美味：蜗牛炖兔肉。在那恐怖的日子里，那简直像过节一样。

周三一整天，除了刮风什么事都没有发生，那是我生命中最漫长的一天。但应该就像是黎明前的黑暗，因为过了半夜，我们所有人同时惊醒了，被一种绝对的安静压得喘不过气来。那是死亡将至时才会有的安静，连山上的树叶都静止不动。门房的灯还暗着，我们来到街上，享受黎明时分的天空。星星都还在闪烁，大海泛着粼粼波光。虽然还不到五点，很多游客已经在海滩的石头上享受灾难过后的放松，在关了三天禁闭之后，开始安装帆船。

出门时门房小屋里的黑暗并没有引起我们的注意。但我们回来时，空气中已经漂浮着海面上那样的碎光，而门房小屋里仍旧一片昏暗。我觉得奇怪，于是敲了两下门，没有人应声，我推开了门。孩子们应该是比我先看到，发出惊恐的尖叫。年迈的门房穿着海员夹克，领子上别着他作为杰出水手获得的勋章，吊在房间的横梁上，身体还在最后一缕山风的作用下轻轻晃动。

当一切都恢复平静，我们怀着提前到来的思乡之情，早于计划的时间离开了这个村子，并下定决心再也不回来。游客们又回到了街上，广场上放着音乐，玩滚球的老兵们几乎连击球的力气都没有了。透过“航海者”酒吧落满灰尘的窗户，我们看到几个幸存下来的朋友在山魔走后的明媚春光里重新开始了生活。不过这一切都已经属于过去。

因此，在“薄伽丘”酒吧那个悲伤的凌晨，没有人比我更能理解那个年轻人的恐惧。他拒绝回到卡达克斯，因为确信自己会死。然而，没有什么办法能说服那些瑞典人。他们带着欧洲人的自负，想要下猛药治愈他那非洲人的迷信，到底把他强行带走了。周围的人有的报以嘘声，有的起哄。虽然拼命挣扎，他还是被塞进了坐满醉鬼的车里，在那个时间开始了前往卡达克斯的漫长旅途。

第二天早上，我被电话铃吵醒了。头天晚上狂欢回来时忘了拉上窗帘，我完全不知道那时几点，但卧室里已经铺满了夏日的阳光。我没立刻辨认出电话那头的声音，但那急迫的语气让我清醒了过来。

“你还记得昨晚被带去卡达克斯的那个男孩吗？”

不需要再往下听，我立刻就明白了。只不过事情发生得比我想象中更加戏剧化。因为极其害怕即将开始的故地重游，他趁那些疯狂的瑞典人不注意，从行进的车上纵身跳入了万丈深渊，试图逃避那无法逃避的死亡。

一九八二年一月

福尔贝斯太太的快乐夏日

El verano feliz de la señora Forbes

下午回到家的时候，我们看到门框上钉着一条巨大的海蛇，通体黑色，泛着磷光，钉子穿透了它的脖子，看上去像吉卜赛人的诅咒。它眼睛还在动，张得很开的上下颚之间露出锯齿般的牙齿。我那时候大约九岁，被这一突如其来的恐怖景象吓得发不出声来。而比我小两岁的弟弟则丢下氧气罐、面具和潜水脚蹼，尖叫着仓皇而逃。从渡口到我家有一条在礁石间蜿蜒的小路，福尔贝斯太太正顺着石阶往上爬。听到尖叫声，她追了上来，气喘吁吁，脸色苍白，但一看到被钉在门上的东西，就明白了原委。她经常说，两个孩子在一起，无论哪个单独做了什么事，另一个也逃不了干系。所以，因为弟弟的尖叫，我们两个人都挨了训斥，还被指责缺乏自制力。也许她自己也被吓坏了，只是不肯承认而已。因为她一直在用德语批评我们，而不是像她签订的家庭教师合同中规定的那样使用英语。但等她一缓过神来，就又用磕磕绊绊的英语开始了没完没了的说教。

“这是一条海伦娜海鳗，”她告诉我们，“之所以这么称呼它，是因为古希腊人认为这是一种神圣的动物。”

这时，教我们潜水的当地男孩奥雷斯特突然从一大丛刺山柑后面冒了出来。他把潜水面具扣在额头上，穿一条紧身泳裤，腰间系了根皮带，上面挂着六把形状大小各异的匕首。因为在水下跟动物们贴身肉搏的时候，没有别的捕猎方法。他大约二十岁，在海底待的时间比在陆地上还长，看上去像一只海里的动物，身上总是沾着脏兮兮的机油。第一次见到他时，福尔贝斯太太对我父母说，她想象不出还有比他更俊美的人。然而，英俊的外表并没有使他免于责难，他也得接受训斥，不过是意大利语的，因为他把海鳗挂在门上没有别的解释，除了吓唬小孩子。随后，福尔贝斯太太命令他带着对神秘的造物应有的尊重将它从门上摘下来，并打发我们去换上吃晚餐时穿的衣服。

我们立刻照办了，并努力不出一丁点儿差错，因为在被福尔贝斯太太统治了两个星期以后，我们已经明白了没有什么比活着更困难。在昏暗的卫生间里淋浴时，我发现弟弟还在想着那条海鳗。“它的眼睛像人一样。”他说。我也是这么想的，但我努力让他相信事实并非如此，并成功地转移了话题，直到我洗完澡。但当我准备离开时，他请求我留下来陪他。

“天还没黑呢。”我说。

我拉开窗帘。正是八月最热的时候，透过窗户可以看到快要着火的月牙形平原一直延伸到岛屿另一端，太阳一动不动地挂在空中。

“不是因为这个。”弟弟说，“是因为我害怕我会害怕。”

然而，当我们来到餐桌旁时，他显得很平静，而且每样事情都做得很细致，得到了福尔贝斯太太的特别表扬，那周的积分涨了两分。而我之前累计的五分却被扣掉了两分，因为我在最后一刻匆忙跑过来，到餐厅的时候还有些气喘。每攒够五十分，我们就可以享用一次双份餐后甜点，但是我们俩谁都没有攒到过十五分。这真的是一件非常遗憾的事，因为我们后来再也没有遇到过比福尔贝斯太太做的更好吃的布丁。

晚餐开始之前，我们面对空盘子站着祈祷。福尔贝斯太太并不是天主教徒，但她的合同中规定每天要带我们祈祷六次，为了履行这一条款，她不得不学习我们的祈祷文。然后，我们兄弟俩一起坐下来，屏住呼吸，接受她对我们的举止的检查，哪怕是最微小的细节也不放过。只有当一切看上去都完美了，她才拉响铃铛。然后，厨娘富尔维娅·弗拉米内亚送来那个讨厌的夏天每日必有的面条汤。

原先我们跟父母住在一起的时候，吃饭就像过节一样欢乐。上菜时，富尔维娅·弗拉米内亚总是围着桌子有说有笑，她那种颠三倒四的天赋为我们的生活增添了不少乐趣。最后她会跟我们坐在一起，从每个人的盘子里吃两口。但自从福尔贝斯太太开始掌控我们的命运，她上菜时总是保持绝对的沉默，以至于我们都能听到金属锅里汤沸腾的声音。在用餐过程中，我们必须让脊背贴着椅背，用一边腮帮子嚼十下，再用另一边嚼十下，目光不能离开那个面容冰冷而倦怠的中年女人，她正在背诵有关教养的课文。这跟周日的弥撒很像，但是少了唱诗班带来的安慰。

看到海鳗被钉在门上那天，福尔贝斯太太给我们讲的是对祖国应尽的义务。她的声音似乎让空气都变得稀薄了，富尔维娅·弗拉米内亚像飘浮在半空中一样无声无息。喝完汤之后，她给我们端上来一道炭烤鱼片，雪白的鱼肉散发出令人垂涎的香味。我那会儿就喜欢吃鱼肉，胜过任何飞禽走兽，这种味道让我想起我们在瓜卡马亚勒[①]的家，心情放松了些。而弟弟却连尝都没尝就拒绝吃这个菜。

“我不喜欢。”他说。

福尔贝斯太太中断了背诵。

“你怎么知道？”她说，“你都还没尝呢。”

她朝厨娘投去警告的一瞥，但已经晚了。

“海鳗是世界上最鲜嫩的鱼肉，孩子们[②]。”富尔维娅·弗拉米内亚说，“你尝一口就知道了。”

福尔贝斯太太不动声色。她用冷冰冰的语气告诉我们，在古

①哥伦比亚博亚卡省下属城市。

②原文为意大利语。

代，海鳗是国王才能享用的美味珍馐，武士们都争着喝它的胆汁，因为据说能由此获得超自然的勇气。接着她再次向我们重复，正如她在那么短的时间内无数次说过的，好品位不是一种天赋，但也不是在任何年龄都可以教会的，而是需要从小培养。因此没有任何正当的理由拒绝吃饭。我在知道这是海鳗之前已经吃了一口，这时候左右为难：尽管勾起了我些许乡愁，但口感非常滑嫩。不过最终，那条蛇被钉在门上的情形战胜了我的胃口。弟弟鼓起勇气往嘴里送了一口，却没能忍住：他吐了。

“去卫生间，”福尔贝斯太太平静地对他说，“好好洗一洗，回来接着吃饭。”

我为他感到十分难过。因为我知道，对他来说，在这夜幕初降的时候穿过整栋房子，并在卫生间里待上足够长的时间来清洗自己，需要拿出怎样的勇气。但他很快就回来了，换了一件干净的衬衫，脸色苍白，身体在隐隐颤抖，虽然几乎看不出来。他很顺利地通过了福尔贝斯太太严格的清洁检查。于是她切下一块海鳗肉，命令我们继续。我强忍着吃下了第二口。而弟弟却连餐具都没动。

“我不会吃这个的。”他说。

他显然十分坚决，于是福尔贝斯太太避开了这个话题。

“可以。”她说，“但你不许吃餐后甜点。”

弟弟的解脱给了我勇气。我把刀叉交叉放在盘子上，这是福尔贝斯太太教我们的用餐结束时的规矩，说道：

“我也不吃甜点。”

“也不许看电视。”她说。

“我们也不看电视。”我说。

福尔贝斯太太把餐巾放在桌上，我们三个都站起来祷告。接着她就打发我们回卧室，并警告说，在她吃完饭之前我们必须入睡。此外，我们所有的积分都清零，只有攒到二十分以上才能再次享用她烤制的奶油蛋糕、香草馅饼，以及可口的梅子饼干，都是我们在余下的人生中再也没有吃到过的美味。

我们的爆发是迟早的事。整整一年，我们都在热切期盼位于西西里岛最南端的潘泰莱里亚岛上这个自由的夏天。第一个月的确是自由自在的，那时父母还跟我们在一起。到现在，我还能像做梦一般回忆起那个布满火山岩的炙热平原，那永恒的大海，那栋用生石灰一直刷到台阶的房子，在无风的夜晚，从窗口可以看到非洲灯塔上闪亮的叉形标记。我们跟着父亲探索岛屿周围沉睡的深海，发现过一串黄色的鱼雷，从二战以来就一直陷在那里；我们还捞到一个古希腊的双耳细颈瓶，将近一米高，上面挂着已经石化的花环，瓶底还残留着古时候的毒酒；我们还在一个雾气弥漫的死水区游过泳，那里的水密度极大，人几乎可以在上面行走。但是对我们来说，最耀眼的奇迹是富尔维娅·弗拉米内亚。她像一个快乐的主教，不管走到哪儿，身边总是围着一群睡眼惺忪的猫，让她走不动道，但她说自己并不是因为爱它们而忍受这些，而是为了不让自己被老鼠吃掉。晚上，当我们的父母在电视机前看成人节目时，富尔维娅·弗拉米内亚把我们带回她家，距离我们家不到一百米，教我们辨认那些遥远的声音，比如歌声、来自突尼斯的狂风的阵阵呼啸。她丈夫比她年轻得多，整个夏天都在岛另一端的旅馆干活，每天只回家睡觉。奥雷斯特跟他父母住得稍远一点儿。他总在晚上拎着刚刚捕获的成串的鱼和几篮子龙虾过来，挂在厨房，以便富尔维娅·弗拉米内亚的丈夫第二天拿到那些旅馆去卖。然后他再次戴上潜水用的顶灯，带着我们去抓山鼠。那些山鼠都像兔子那么大，对厨房垃圾虎视眈眈。有时候我们回到家时父母已经睡了，而我们却被院子里争抢剩饭剩菜的山鼠们吵得睡不着觉。但是，甚至这种困扰也是我们的快乐夏日神奇的组成部分。

请一个德国家庭教师这样的主意只有我父亲才想得出来。他是一个自负多于天赋的加勒比作家。欧洲辉煌的余烬让他目眩神迷，不管是在书中，还是在现实中，他总是显得太急于抹去自己出身的痕迹，并且幻想儿子们身上不再留有任何自己过去的印记。我的母亲依然保持着瓜希拉高地流浪教师的那种谦卑，从来不会质疑自己的丈夫，他的任何想法都是绝妙的。因此他们俩谁也不曾认真考虑过，当他们同四十位当红作家一起参加为期五周的环爱琴海诸岛文化之旅时，我们兄弟俩在一个多特蒙德[1] 女士官的统治下将要如何生活，这个女人一心要向我们强行灌输欧洲社会最陈腐的习俗。

七月的最后一个周六，福尔贝斯太太坐着班船从巴勒莫来到我们家。第一眼看到她，我们就意识到幸福生活结束了。在南部的炎热之中，她脚上穿着一双民兵靴，身上是一件西服领外套，头发剪得像男人一样短，戴一顶男士软呢帽，身上有一股猴子尿的味道。“欧洲人都这样，尤其是在夏天，”父亲对我们说，“这是文明的味道。”然而，尽管着装风格很硬朗，福尔贝斯太太本人却骨瘦如柴。如果当时我们年龄大一些，或者她能流露出一点儿柔情，我们也许会对她产生同情。从此我们的世界变了。自从进入夏天，我们每天都有六个小时探索神奇的大海，现在却被缩减为一个小时，而且很多时候只能进行单调重复的训练。跟父母在一起时，我们可以整天和奥雷斯特一起游泳，惊讶于他的艺高胆大，在混杂着血和墨汁的浑浊水域猎捕章鱼，除了几把匕首外别无其他武器。后来，虽然他一如既往每天中午十一点开着外挂发动机的小摩托艇过来，但是除了给我们上潜水课，福尔贝斯太太不允许他跟我们多待一分钟。她也禁止我们晚上去富尔维娅·弗拉米内亚家，因为她认为我们跟用人走得太近了。我们不得不把以前抓山鼠的时间用来研读莎士比亚。对我们这种习惯了偷人家院子里的芒果、在瓜卡马亚勒热得冒火的大

①德国西部城市。

街上用砖头砸狗的孩子来说，真的无法想象有比这种王子一般的生活更残忍的折磨。

然而，我们很快就发现，福尔贝斯太太对她自己并不像对我们那样严格，这是她权威的第一道裂痕。最初，在奥雷斯特教我们潜水的时候，她就在沙滩上彩色的遮阳伞下待着，穿得严严实实，读着席勒的叙事诗，之后给我们上好几个小时的社会行为理论课，直到午饭时间。

一天，她请求奥雷斯特用摩托艇带她去旅馆的游客商店，买回一件连体泳衣，黑色的，闪闪发亮，像是海豹的皮肤，但是她从不下水。我们游泳的时候，她就在沙滩上晒太阳，而且只用毛巾擦汗，不去淋浴。三天之后，她看起来就像一只活龙虾，而她身上文明的味道已然变得令人窒息。

黑夜让她得到了解脱。从她接手照料我们开始，我们就感觉到夜里有人在家里走来走去，甚至手舞足蹈。弟弟觉得那是富尔维娅·弗拉米内亚跟我们提起过的溺水者的游魂，惊恐不安。但很快我们就发现那是福尔贝斯太太。每到夜晚她就过上了一个独居女人的真实生活，而这种生活正是白天那个她严厉抨击的。一天凌晨，我们撞见她在厨房里，穿着女学生式的睡衣，正在制作美味的甜点，浑身上下都沾了面粉，连脸上都有，而且正在喝一杯波尔图葡萄酒，神志不清。这对白天那个福尔贝斯太太来说，简直是一桩丑闻。那时我们才知道，我们入睡以后，她并没有回自己房间，而是偷偷地下海去游泳，或者在客厅待到很晚，把电视调成无声，看少儿不宜的电影，一边吃着整个的蛋糕，一边喝着我父亲珍藏的只在特殊日子才舍得拿出来的好酒，直到喝完一整瓶。跟她整日挂在嘴上的朴素克制正相反，她是如此贪得无厌，带着一种放肆的激情。接下来我们会听到她在自己房间自言自语，用悦耳的德语整段整段地朗诵《奥尔良少女》[①]，唱歌，或是在床上啜泣到天明，然后她双眼红肿地出现在早餐桌前，越来越阴郁，也越来越专横。我和弟弟此后再也没有像那时那样悲惨过。但是我打算忍到最后，因为我知道，无论如何胳膊拧不过大腿。而弟弟却拿出他个性中所有的强硬同她对抗，于是我们的快乐夏日变成了地狱。海鳗事件触动了他的底线。那天晚上，我们躺在床上听着福尔贝斯太太在沉睡的房子里不停地走来走去，一直在他心里发酵的仇恨突然爆发了。

“我要杀了她。”他说。

我很惊讶。不全是因为他的坚决，而是因为正巧从吃晚饭时开始我也在想同样的事。不过我还是试图劝阻他。

“你会被砍头的。”我说。

“西西里没有断头台，”他说，“再说，谁也不会知道是谁杀了她。”

他想到了我们从海里捞上来的那个陶罐，里面还有残留的毒酒。父亲留着它是想拿去做更深入的检测，以探究其毒性，因为

---

①德国诗人、作家弗里德里希·席勒（1759–1805）的作品。

那不可能是时光单独造成的结果。用它来对付福尔贝斯太太易如反掌，谁也不会想到，这既不是意外也不是自杀。于是在天快亮的时候，当我们感觉到她在折腾了一夜之后已疲惫不堪地躺倒了，我们把陶罐里的毒酒倒进了装着父亲珍藏的酒的瓶子里。据说这个剂量足以杀死一匹马。

每天早上九点，我们准时在厨房吃早饭，由福尔贝斯太太亲自端上来，甜面包是富尔维娅·弗拉米内亚一大早就放在烤箱里的。酒被偷偷换掉两天以后，早饭时弟弟用一个失望的眼神让我注意到，那个装毒酒的瓶子在餐具柜里原封未动。那天是周五，接下来的周末也是如此。但是周二晚上，福尔贝斯太太看着电视里播的成人电影，喝掉了一半。

然而，星期三早上她还是准时出现在餐桌前。因为熬夜，她的脸色一如既往的晦暗，厚厚的镜片后面，眼神跟平常一样焦虑。当她看到装甜面包的篮子里有一封贴着德国邮票的信时，眼神更加急切。她一边喝咖啡一边看信，虽然她跟我们讲过多次不应该这样做。在读信的过程中，她的脸色随着上面的字句阴晴不定。接着她撕下信封上的邮票，把它们跟剩下的面包一起放在篮子里，富尔维娅·弗拉米内亚的丈夫收集邮票。尽管那天一大早就不顺心，她还是陪我们一起上了潜水课。我们偏离正常路线，游进了一片盐度较低的海域，直到气罐里的氧气快要用尽。而且那天我们没上礼仪课就回家了。福尔贝斯太太不但整个白天情绪高涨，而且在晚餐时看上去比以往任何时候都活泼。弟弟接受不了这令人沮丧的结果。福尔贝斯太太一下令开始吃饭，他就以挑衅的姿态把面条汤推开。

“我他妈的烦透了这个虫子汤。”他说。

这句话就好像往餐桌上扔了一枚手榴弹。福尔贝斯太太白了脸，嘴角的线条变得僵硬。等到爆炸的硝烟慢慢消散，她的镜片上已满是泪水。她摘下眼镜，用餐巾擦干。在站起来之前，她把餐巾放在桌上，带着不光彩的落败的苦涩。

“你们想干什么就干什么，”她说，“就当我不存在。”

她从七点开始就把自己关在房间里。但是，快到半夜的时候，她料想我们已经睡着了，我们看见她穿着女学生式的睡衣，拿着半个巧克力蛋糕和那个还有四指多高毒酒的瓶子回了自己房间。我打了个冷战，为她感到难过。

“可怜的福尔贝斯太太。”我说。

弟弟依然愤愤不平。

“如果她今晚没死，可怜的是我们。”他说。

那天凌晨她又自言自语了很长时间，在近乎疯狂的情绪中，她高声朗诵席勒的诗句，最后以一声响彻整栋房子的尖叫攀上了顶峰。接着她发出多次叹息，似乎将整个灵魂都倾空了，最后，随着一声像是漂泊的小船发出的凄厉而绵长的哨音归于平静。因为夜里盯了她很久，第二天醒来时，我们仍然觉得筋疲力尽。阳光从百叶窗缝里像刀片一样投射进来，但整栋房子仿佛沉没在池塘中。这时候我们才发现已经快十点了，而我们没有被福尔贝斯太太每天早晨的例行日程吵醒：既没有听到八点钟冲马桶的声音、洗手池水龙头的流水声、拉开百叶窗的声音，也没有听到她靴子的铁掌踩在地上的声响，以及奴隶贩子似的手掌那三下催命的拍门声。弟弟把耳朵贴在墙上，屏住呼吸，努力捕捉隔壁房间最细微的生命迹象，最后长出了一口气。

“万事大吉！”他说，“唯一能听到的就是大海的声音。”

快到十一点的时候我们自己准备了早餐，然后在富尔维娅·弗拉米内亚带着那群猫来打扫卫生之前，带着各自的两罐氧气，外加两罐备用气，去了海滩。奥雷斯特已经到码头了，正在给一条刚刚捕到的六磅重的金头鲷开膛。我们告诉他，我们等福尔贝斯太太到十一点，看她还在睡觉，就决定自己下来。我们还告诉他，头天晚上她在餐桌上哭了，也许晚上没睡好，更愿意继续在床上待着。但正如我们所料，奥雷斯特对这些解释没什么兴趣。他陪着我们在水下东扫西荡了一个多小时，然后示意我们上去吃午饭，自己则开着小摩托艇去游客们住的旅馆卖那条金头鲷。我们站在石阶上挥手向他告别，让他相信我们正准备回家，直到他消失在悬崖的拐角处。然后，我们再次背上氧气罐，在没有任何人允许的情况下继续游泳。

天阴了下来，地平线上传来隐隐的雷声，但大海仍旧平静而清澈，本身的光就足以照明。根据估算，我们从海面上游到潘泰莱里亚灯塔那里，然后向右游了大约一百米，从初夏时发现鱼雷的地方潜了下去。它们还在那里：一共六枚，漆成明黄色，上面的序列号完好无损，完全按次序排列在这火山底部，不可能是无意为之。接下来我们继续绕着灯塔转圈，寻找富尔维娅·弗拉米内亚多次绘声绘色地向我们描述过的沉没的城市，但是并无斩获。两小时后，我们确信没有什么新的神秘物体有待发现了，才凭着最后一口氧气浮出水面。

在我们潜水时，外面下了一场暴雨。海面上波涛汹涌，沙滩上到处都是垂死挣扎的鱼，一大群食肉的海鸟在低空盘旋，发出凄厉的尖叫。但是傍晚的阳光像晨曦一样炫目，没有福尔贝斯太太的生活很美好。然而，当我们筋疲力尽地爬上礁石台阶，却看到家里有很多人，门口停着两辆警车。这时我们才第一次意识到自己都做了些什么。弟弟开始发抖，想要掉头。

“我不进去。”他说。

相反，我当时有一种模糊的想法：只要进去看看尸体，我们就不会被人怀疑。

“别慌，”我对他说，“深呼吸，只想着一件事：我们什么都不知道。”

没人注意我们。我们把氧气罐、面具和潜水脚蹼放在门厅，从侧面的走廊绕进去，那里有两个男人坐在地上抽烟，身边放着一副担架。这时候我们才发现后门还有一辆救护车和几个荷枪实弹的警察。客厅里，附近的女人们坐在靠墙的椅子上，正在用方言祷告。男人们则聚集在院子里，谈论着跟死亡毫无关系的话题。我紧紧地握着弟弟僵硬冰凉的手，从后门走进房子。我们的卧室门开着，里面的情形跟我们早上离开时并无二致。而隔壁，也就是福尔贝斯太太的房间，有一个全副武装的警察守在门口，但门是开着的。我们怀着沉重的心情探身朝里面看去。就在这时，富尔维娅·弗拉米内亚像一阵风似的从厨房跑出来，惊叫着关上了房间的门。

“看在上帝的分上，孩子们[①]，别看她！”

已经晚了。在以后的人生中，我和弟弟从未忘记在那短暂的一瞬间所看到的情形。两个警察正在用卷尺测量从床到墙的距离，另一个警察则像公园摄影师一样在用蒙着黑布的相机拍照。福尔贝斯太太没有躺在一片狼藉的床上，而是侧身躺在地上，浑身赤裸着倒在一片已经凝固的血泊中，血已经把房间的地板整个染红了。她身上密密麻麻全是刀伤。其中二十七处是致命伤。从伤口的数量和残忍程度可以看出，它们是在激烈的性爱激起的狂乱中刺上去的，而福尔贝斯太太以同样的激情接受了伤害，甚至没有叫，也没有哭，而是用她士兵一样洪亮优美的嗓音朗诵着席勒，清醒地知道这是她的快乐夏日必须付出的代价。

一九七六年

①原文为意大利语。

光恰似水

La luz es como el agua

圣诞节的时候孩子们再次要求买一条划艇。

“没问题，”爸爸说，“我们回到卡塔赫纳就买。”

但九岁的托托和七岁的霍埃尔比父母料想的更坚决。

“不！”他们异口同声地说，“我们现在就要，就在这里。”

“可是，”妈妈说，“想在这里划船，除非用淋浴喷头放洗澡水。”

父母说的都有道理。他们在卡塔赫纳的家有一个院子，里面除了有个建在海湾的小码头，还有个可以停放两艘快艇的避风港。而在马德里，他们一家四口挤在卡斯特利亚纳步行街四十七号五楼的一套公寓里。但是最后父母谁也无法拒绝孩子们的要求，因为他们曾经答应过，要是孩子们在小学三年级得到桂冠奖，就给他们买一艘带六分仪和指南针的划艇，而他们真的做到了。所以父亲瞒着母亲买下了小艇，因为她觉得那是句戏言，很不情愿履行诺言。那是一艘漂亮的铝船，船身画着一根金色的吃水线。

“小船已经在车库里了。”午饭时爸爸宣布，“但问题是没有办法搬上来，既不能扛进电梯，也没法从楼梯搬上来，而车库里已经没有富余的地方了。”

然而，接下来的周六下午，孩子们找来同学，从楼梯把小船抬了上去，并设法搬进了杂物间。

“祝贺你们！”爸爸说，“那现在怎么办？”

“不怎么办。”孩子们回答，“我们唯一的愿望就是房间里有一艘小船，现在已经实现了。”

每周三晚上父母都会去看电影，这周也不例外。孩子们成了家里的主人。他们关上门窗，打碎了客厅里一盏亮着的灯的灯泡。一股像水一样清澈的金色光芒从破碎的灯泡里流出来，孩子们让它一直流淌，直到在屋里积到四掌深。然后他们关掉电源，抬出小船，高高兴兴地在家中各个“岛屿”间航行。

孩子们这种神话般的冒险源于我一句轻率的话。当时我正在参加一个研讨会，主题是与家用物品有关的诗歌，托托问我，为什么一按开关灯就会亮，我不假思索地回答：

“光就像水，拧开水龙头，它就出来了。”

于是他们每周三晚上都在家里划船，学习使用六分仪和指南针，直到父母从电影院回来，看到他们像陆地上的天使一样睡着了。过了几个月，孩子们很想更进一步，于是要求一套水下捕鱼的装备，而且要的十分齐全：面具、脚蹼、氧气罐和压缩空气猎枪。

“杂物间里有一艘根本派不上用场的小船已经很糟糕了，”爸爸说，“你们还想要一套潜水装备，这更不像话。”

“那如果我们第一学期得到金栀子花奖呢？”霍埃尔问。

“不。”妈妈吓了一跳，“别得寸进尺。”

爸爸埋怨她不懂得妥协。

“如果是为了履行自己应尽的义务，这两个孩子连一枚钉子都赢不来，”她说，“但为了那些任性的想法，他们甚至能把老师的椅子赢过来。”

最后，爸爸妈妈既没答应也没拒绝。但是，前两年成绩一直垫底的托托和霍埃尔这一年的七月份却得到了金栀子花奖，还受到校长的公开表扬。当天下午，不用再次提出要求，他们在卧室发现了包装完整的潜水装备。接下来那个周三，当父母去看《巴黎最后的探戈》[①]时，孩子们让房间里的光积到两㖊[②]深，然后像两条温顺的鲨鱼一样，漫游在家具和床底下，并从光的深处打捞出一些被遗失在黑暗中好几年的东西。

在学年最后的表彰中，兄弟俩被评为学校的模范生，并拿到了荣誉证书。这次他们不需要提出任何要求，因为爸爸妈妈主动问他们想要什么。他们显得十分理性，说只希望在家里举办一次聚会，招待班上的同学。

---

①意大利导演贝尔纳多·贝托鲁奇（1941－2018）的作品，1972年上映。

②英制长度单位，表示双臂伸直的长度，约合1.8m，多用于海洋深度测量。

当父母单独在一起的时候，爸爸高兴得容光焕发。

“这说明他们成熟了。”他说。

“希望上帝能听到你这句话。”妈妈说。

接下来那个周三，当父母去看《阿尔及尔之战》[1]时，经过卡斯特利亚纳大街的人们看到，一道光的瀑布从一栋绿树掩映的旧楼里倾泻而出，顺着阳台和建筑的外立面流下来，沿着大街流淌，形成一条金色的河流，照亮了整座城市，直到瓜达拉马[2]。

有人报警了。消防员强行打开五楼公寓的门，发现整个屋子直到天花板都淹没在光里。包着豹皮的沙发和椅子漂浮在客厅的不同高度，旁边漂着吧台的酒瓶和三角钢琴，钢琴上盖的马尼拉毯子像一条金色的蝠鲼在半空中扑棱着。炊具和餐具真的像诗歌里写的那样，张着翅膀在厨房里飞来飞去。孩子们跳舞时用的军乐队的乐器也漂浮在光里。从妈妈的鱼缸里跑出来的五颜六色的鱼儿是屋里唯一活下来的生物，在广阔的光的沼泽中快乐地游来游去。卫生间里漂浮着所有人的牙刷、爸爸的避孕套、妈妈的护肤品瓶子和备用假牙。主卧里的电视机侧着漂浮在空中，还在播放着少儿不宜的午夜档电影的最后一幕。

在走廊尽头的人字形屋顶下面，托托坐在小船的船尾，手紧紧地抓着桨，脸上还戴着面具，寻找着港口的灯塔，直到气罐中

①一部讲述阿尔及利亚民族解放阵线同法国殖民政府的对抗的半纪录片，1966 年上映。
②西班牙马德里自治区下属小城。

的氧气耗尽。霍埃尔漂浮在船头，还在六分仪上寻找北极星的高度。而他们的三十七个同班同学则漂浮在屋里各处，全部停在那一瞬间：有的在对着天竺葵花盆尿尿，有的在唱校歌，歌词被改成了嘲笑校长的词句，有的在偷喝一杯从爸爸的酒瓶里倒的白兰地。因为他们一下子释放了太多光，整个屋子都被淹没了。济贫者圣朱利安学校小学四年级的所有学生都在卡斯特利亚纳步行街四十七号五楼的公寓里溺亡了。在西班牙马德里，一个夏天烈日炎炎、冬天寒风刺骨、既不靠海也没有河的遥远城市，世代生活在坚实的陆地上的人们从不擅长在光中航行。

一九七八年十二月

雪地上你的血迹

El rastro de tu sangre en la nieve

天黑时他们到达边境，妮娜·达肯德发现自己戴着婚戒的手指还在流血。一个戴着漆皮三角帽还顶着粗羊毛毯子的警卫提着碳灯检查了他们的护照，同时努力不让自己被比利牛斯山的狂风掀倒。尽管这是两份合法的外交护照，警卫还是提高灯对照了一下他们的面容跟照片是否一致。妮娜·达肯德几乎还是个小女孩，眼睛像欢快的小鸟，蜜糖色的皮肤在一月阴冷的夜晚依旧散发着加勒比阳光的暖意。她的大衣一直包到脖子，是用貂颈部的毛皮做的，整个边境驻军一年的工资加起来都买不起。开车的是她的丈夫比利·桑切斯·德阿维拉，比她还小一岁，几乎和她一样漂亮，穿着苏格兰格子外套，戴着网球帽。跟妻子相反，他是运动型的，个子很高，下颚棱角分明，一看就是那种不善言辞、有些粗鲁的人。但最能体现他们身份地位的是这辆银灰色的轿车，车内散发着豪华的野性气息，在这穷人聚集的边境上绝无仅有。后座上堆满了全新的行李和很多还没打开的礼物。还有一个高音萨克斯，妮娜·达肯德曾将生命中大部分激情寄托于此，直到在海滨浴场被她可爱的“流氓”那别扭的爱所征服。

当警卫把盖了戳的护照交还他们时，比利·桑切斯问他哪里可以找到药店，好处理一下妻子受伤的手指。警卫迎着风大喊，到昂代伊去问，在法国那边。但昂代伊的警卫们躲在装了玻璃窗的温暖明亮的岗亭里，穿着单衣坐在桌边，一边打牌一边蘸着酒吃面包。只须瞧一眼这车的体积和档次，警卫们就示意他们进入法国。比利·桑切斯按了几次喇叭，但警卫们没有明白他的意思，其中一个拉开玻璃窗，用比狂风还愤怒的声音吼道：

“妈的！快滚蛋！”[①]

于是妮娜·达肯德把大衣领子竖起来盖住耳朵，从车上下来，用纯正的法语问那个警卫哪儿有药店。警卫嘴里塞满了面包，习惯性地回答这不关他的事，何况是在这样的风暴天，然后关上了窗户。但是接着他又定睛看了看这个女孩，她正吮吸着受伤的手指，整个人笼罩在天然貂皮闪烁的光泽中，使他恍惚觉得像是万圣夜某个神秘的形象。于是他立刻改变了态度，解释说，离这里最近的城市是比亚里茨[②]，但因为是严冬，加上正刮着狂风，也许要到更远一点儿的巴约纳[③]才能找到一家开门的药店。

---

①原文为法语。

②③均为法国西南部临海城市。

“很严重吗？”他问。

“没什么事。”妮娜·达肯德微笑着说，给他看了下戴着钻戒的手指，指肚上有一个被玫瑰刺破的伤口，几乎看不出来，“就是被扎了一下。”

在到达巴约纳之前又开始下雪。才刚晚上七点，街上就空无一人，所有房子都因狂风怒号而大门紧锁。他们转了很多圈也没找到一家药店，决定继续往前走。比利·桑切斯对这一决定感到高兴。他对新奇的汽车有一种不知疲倦的激情，而他的父亲对他怀着深深的负罪感，而且也有满足他的经济实力。这辆作为结婚礼物的可折叠式敞篷宾利带给他前所未有的驾驶体验。他在方向盘前是如此陶醉，以至于越开越兴奋。他们在波尔多[①]的锦绣酒店预定了新婚套房，他决心当晚到达，不管是狂风还是大雪都不能阻止他。相反，妮娜·达肯德感到筋疲力尽，尤其是在从马德里过来的最后一段公路上，那段路崎岖狭窄，天上还下着冰雹。过了巴约纳之后，她用手帕紧紧地缠住无名指，希望把血止住，然后就睡着了，睡得很沉。快到半夜时比利·桑切斯才发现她睡着了。这时雪已经停了，在松树之间穿梭的风也突然平息了，荒原上的夜空缀满了冰冷的星星。已经过了一片漆黑的波尔多，但他只是在公路边的加油站停了一下，给车加满了油，因为他感觉自己还有足够的精神一口气开到巴黎去。他对这个价值两万五千

①法国西南部临海城市。

英镑的巨大玩具相当满意，甚至没顾上问一句睡在他身边的这个光彩照人的女孩是否同样兴奋。她缠在无名指上的手帕已经被鲜血浸透，在她少女的梦中，第一次掠过阵阵不安的阴影。

三天前，他们在一万公里外的卡塔赫纳举办了婚礼，大主教亲自为他们祝福。对于这段婚姻，他的父母很吃惊，她的父母则很失望。除了他们自己，谁也不明白他们相爱的真正原因，谁也不知道这段出人意料的爱情是如何开始的。一切都始于婚礼前三个月。那是一个周日，比利·桑切斯带着一帮小混混突袭了马韦利亚海滨浴场的女更衣室。妮娜·达肯德刚满十八岁，不久前才从瑞士圣布莱斯的沙泰勒尼寄宿学校回来。她会说四种语言，每一种都口音纯正，而且精通高音萨克斯。那是她回来以后第一次到海边过周末。她脱光了衣服，正准备换上泳衣，这时隔壁更衣室传来一阵慌乱的脚步声和推搡时的惊叫声，她不明白发生了什么事，直到她那个更衣室的门闩被撞得粉碎，她看到面前站着一个她所能想象的最俊美的坏蛋。他只穿了一条豹纹内裤，身材匀称，肌肤富有弹性，泛着海边居民特有的金色光泽。右手腕戴着一个罗马角斗士那样的金属手环，手上缠着一根铁链，这是他的致命武器。脖子上挂着一个没嵌圣像的小牌子，随着他心脏的跳动静静起伏。两人都出身于地方上的名门望族，这些家族从殖民时期起就肆意操纵着这座城市的命运。他们俩曾一起上过小学，也曾在生日聚会上一起戳破过很多糖果袋。但因为多年不见，第一眼并没有认出彼此。妮娜·达肯德一动不动地站着，没有做任何动作来遮掩自己赤裸的身体。然后比利·桑切斯开始了他幼稚的仪式：脱下豹纹内裤，向她展示自己惊人的坚挺武器。她直视着他，没有表现出丝毫惊讶。

“我见过更大更坚硬的，”她压制着内心的恐惧，“所以，接下来要做的事情，你要想清楚。想要和我在一起，你必须表现得比黑人更好。”

事实上，妮娜·达肯德不但还是处女，而且到那时为止，从来没见过任何一个赤裸的男人。但她的挑衅起了作用。比利·桑切斯当时唯一想到的就是狠狠地朝墙上打了一拳。因为铁链还缠在手上，手骨折了。她开着自己的车送他去了医院，帮助他度过了恢复期，最后两人一起学着以正确的方式做爱。在妮娜·达肯德家内院的露台上，他们度过了七月那些炎热难熬的下午，她家族中六代显赫的祖先都是在那座宅子里过世的。她用萨克斯吹奏流行歌曲，而他，手上打着石膏，躺在吊床上凝望着她，惊叹不已。这是拉曼加街区最大最古老的宅子之一，毫无疑问也是最丑的。宅子里有很多落地窗，朝向海湾的一潭死水。但是在下午四点的酷暑中，妮娜·达肯德吹奏萨克斯的那个露台却是一处避暑胜地，铺着棋盘格瓷砖，对着一个种满芒果树和香蕉树的阴凉庭院。树荫下有一座坟墓，前面立着一块没刻名字的石板，它们比这座宅子以及这个家族的记忆更古老。就连那些最不懂音乐的人都能感觉到，萨克斯的声音跟这座有着如此厚重历史的宅子很不协调。“听上去像一艘军舰。”妮娜·达肯德的奶奶第一次听到的时候说。她的母亲则徒劳地想让她演奏时仪态优雅一些，而不像现在，为了舒服，把裙子撩到大腿，而且双膝分开。母亲觉得，那种放荡的性感并不是演奏音乐所必需的。“我不在乎你演奏什么乐器，”母亲对她说，“只要你演奏的时候把两腿并上。”但正是这种军舰离港似的音乐和对爱的执着使妮娜·达肯德能够打破比利·桑切斯苦涩的外壳。因为结合了两个高贵的姓氏，他一直顶着残暴愚蠢的恶劣名声。在这恶名之下，她发现了一个胆怯而脆弱的孤儿。在手骨恢复期间，他们对彼此的了解越来越深入。一个雨天的下午，他们俩单独在家，她把他带上了自己的闺床。爱来得如此自然而流畅，让他感到惊讶。卧室的墙上挂着英勇的祖先和贪婪的老祖母们的肖像，他们都曾在这张古老的床上享受过云雨之欢。有将近两周的时间，每天下午这个时候，他们俩都在先人们目瞪口呆的注视下一丝不挂地寻欢作乐。即使在做爱的间歇，他们也赤身裸体，开着窗户，呼吸着从海湾那边过来的混合着废船残骸的恶臭的空气。在不吹萨克斯的时候，他们倾听庭院中日常的嘈杂，香蕉树下癞蛤蟆单调的呱呱声，雨水落在无名墓上的声音，他们以前没有时间去了解的生命自然的脚步。

当妮娜·达肯德的父母回到家时，他们俩已经在爱的道路上走出很远了。世上其他事情都被他们抛在了脑后，他们随时随地缠绵，试图把每一次都当成一次新的探索。一开始他们尽其所能在比利·桑切斯那些运动轿车里做爱，那是他父亲为了减轻自己的负罪感赠予他的。然后，当在车里做爱对他们来说变得易如反掌时，两人在晚上钻进马韦利亚空无一人的更衣室，那是命运让他们相遇的地方。最后，在十一月的狂欢节期间，他们乔装改扮，在客西马尼古老的奴隶社区那些暗娼的庇护下，躲在出租屋里亲热。就在几个月前，那些暗娼还不得不忍受比利·桑切斯和他那帮小混混的骚扰。妮娜·达肯德将以前倾注在萨克斯上的狂热转向这些幽会，直到她那被驯服的小恶棍终于体会到她最初所谓的“必须表现得像个黑人”到底意味着什么。比利·桑切斯有求必应，不但能很好地满足她，而且跟她一样乐此不疲。婚礼之后，他们第一次做爱是在穿越大西洋的飞机上。当空姐们都睡着了，两人勉强挤进飞机的卫生间，气喘吁吁，更多的是因为乐不可支，而非性爱的愉悦。婚礼之后二十四小时，只有他们自己知道，妮娜·达肯德已经怀孕两个月了。

因此，在到达马德里的时候，他们虽然早已不是初尝禁果的恋人，但相互之间还有足够的激情使他们表现得像一对真正的新婚夫妇。双方父母已经为他们准备好了一切。在下飞机之前，一位礼宾官登上头等舱，给妮娜·达肯德送来一件白色貂皮大衣，镶着闪闪发亮的黑色绲边，那是她父母送给她的结婚礼物。给比利·桑切斯的是一件那个冬季的新款羊皮外套，还有一串没刻商标的车钥匙，那是一个惊喜，正在机场等待着他。

他们国家的外交使团在贵宾厅迎接他们。大使和大使夫人是两家共同的老朋友，而且，妮娜·达肯德出生时是当年还是医生的大使亲手接生的。为了迎接她，他捧着一束娇艳欲滴的玫瑰，连花瓣上的露珠都像是假的。她因为自己作为新娘显得太过年轻而有些不自在。行过问候的贴面礼后，她接过了那束玫瑰，但是被花茎上的一根刺扎伤了手指。她以一句风趣的话将这一不幸事件带了过去。

“我是故意的，”她说，“为了让大家注意到我的婚戒。”

事实上，外交使团的人全都在欣赏那枚光彩夺目的戒指，它必定价值不菲，不只是因为上面那些很高级的钻石，更是因为它在历史传承中保存得完好无损。但是谁也没有注意到那根手指开始流血。随后大家的注意力转向了那辆新车。大使先生别出心裁，把车运到了机场，用玻璃纸包上，还打了一个巨大的金色蝴蝶结。但比利·桑切斯没有对他的创意表现出任何赞赏，因为急切地想要看到车子的真容，他一把撕开了包装纸，然后激动得喘不过气来。这是当年新出的可折叠式敞篷宾利，全真皮内饰。天空像一件灰蒙蒙的斗篷，从瓜达拉马山脉刮来的风冰冷刺骨，暴露在这种恶劣天气中的滋味并不好受。但是比利·桑切斯对冷还没有概念，他把整个外交使团晾在没有屋顶的停车场，仔细欣赏着爱车，甚至把车内最隐秘的细节都检视了一遍，全然没有意识到，为了维持礼仪，那些人都快冻僵了。接下来，大使先生坐在副驾驶座，指引他把车开到大使官邸，那里已经为他们设下了接风午宴。一路上，大使向他介绍这座城市的名胜，但他似乎一心沉醉于新车的魔力中。

这是他第一次离开家乡。在那里，他上过所有私立和公立的学校，但永远都在念同一个年级，直到最后因人人嫌弃而辍学。第一次看到跟家乡不一样的城市，那一栋栋灰色的房屋，大白天也亮着灯，光秃秃的树，遥远的海，这一切都加重了他心中无助的感觉，他努力压制着。然而，在不知不觉中，他很快就忘掉了这种感觉。一场短暂的狂风悄然而至，那是这个冬季的第一场大风。当他们吃完午饭从大使官邸出来，准备去往法国的时候，整座城市披上了一层亮晶晶的雪。比利·桑切斯忘记了他的车，当着所有人的面欢呼雀跃，抓起雪往自己头上撒，还穿着羊皮外套当街打滚。

狂风过后，下午天空重又变得清澈。离开马德里时，妮娜·达肯德第一次发现自己的手指在流血。她很惊讶，因为在隆重的午宴结束之后，她还曾吹奏萨克斯为喜爱用意大利语演唱歌剧咏叹调的大使夫人伴奏，那时她几乎没有感觉到无名指有任何不适。一路上，她一边给丈夫指点去往边境最近的路，一边在每次流血时下意识地吸吮手指，到达比利牛斯山的时候才想到要找一家药店。但因为连日来旅途劳顿，她很快就睡着了，梦中感觉车子行驶在水上。当她带着对噩梦的印象突然醒来时，很长一段时间都忘了她手指上还缠着手帕。她看了一眼仪表盘上亮着的钟，已经凌晨三点多了。她在心里计算了一下，这才意识到，他们早就过了波尔多，也过了昂古莱姆[①] 和普瓦捷[②]，正在穿过被洪水淹没的卢瓦尔河[③] 的堤坝。月光透过薄雾照射下来，松树环绕的城堡的剪影仿若出自童话。凭着记忆，妮娜·达肯德估计大约再过三小时就能到巴黎了，而比利·桑切斯在方向盘前仍然毫无倦意。

“你简直是个野人。”她说，“开了十一个小时，什么都没吃。”

他对新车的着迷劲儿还没过去。尽管在飞机上没怎么睡，他却自我感觉很清醒，有足够的精力在天亮时到达巴黎。

“在使馆吃的午饭还没消化完呢。”他说。然后又毫无逻辑地补充道：“再说了，在卡塔赫纳，这时候人们还没从电影院出来呢。现在也就十点左右。”

尽管如此，妮娜·达肯德还是担心他会在开车的过程中打盹。她从在马德里收到的众多礼物中翻出一个盒子打开，试图往他嘴里塞一块蜜橘，但他扭头躲开了。

“男子汉不吃甜点。”他说。

快到奥尔良时，雾气渐渐消散，一轮圆月照亮了白雪覆盖的田地，但交通状况却变得更糟糕了，路上挤满了往巴黎运蔬菜的

①法国西南部城市。

②法国中西部城市。

③法国最长的河流，源出临地中海的塞文山脉南麓，最后注入大西洋。

大货车和运酒车。妮娜·达肯德很想替丈夫开一段，但她甚至不敢暗示这个意思，因为第一次约会时他就提醒过她，对于男人来说，没有比让自己的女人开车更大的羞辱。在熟睡了五个小时后，她感觉很清醒，而且也很高兴他们没有停在法国哪个乡下小旅馆。她从小跟随父母旅行过无数次，很有经验。“那儿有着世界上最美的风景，”她说，“但即便一个人快要渴死了，都不会有人给他一杯免费的水喝。”她对此深信不疑，所以在临行前最后一刻又往手提包里塞了一块香皂和一卷卫生纸，因为法国的旅馆里从来没有香皂，厕纸都是前一个星期的报纸裁成的小块，挂在钩子上。此时此刻她唯一感到遗憾的是浪费了一整晚没有做爱。她丈夫立刻给出了回应。

“我刚好在想，在雪地上做一定很刺激。”他说，“就在这里，如果你愿意。”

妮娜·达肯德认真地想了一下。在公路旁边，月光下的雪看上去蓬松而温暖，但是随着靠近巴黎郊区，车流越来越密集，还有几座灯火通明的工厂和无数骑着自行车的工人。如果不是冬天，这会儿应该已经天色大亮了。

“最好还是等到了巴黎再说。”妮娜·达肯德说，“暖暖身子，找一张铺着干净床单的床，就像其他已婚人士那样。”

“这是你第一次拒绝我。”他说。

“显然，”她回答说，“这也是我们第一次成为已婚人士。”

天快亮的时候他们在路边一家小餐馆洗了脸，上了厕所，在吧台喝了咖啡，吃了几个热的羊角面包。旁边有几位卡车司机在吃早饭，喝的是红酒。妮娜·达肯德在洗手间注意到衬衫和裙子上有血迹，但是并没有试图清洗。她把被血浸透的手帕扔进垃圾桶，把婚戒换到左手，用水和香皂仔细清洗了受伤的手指。伤口小得几乎看不见。然而，她一回到车里，手指又开始流血，于是她把手臂伸出窗外，想着田野上寒冷的空气有助于止血。这一举动仍是徒劳，但她还是没有警觉起来。“如果有人想要找到我们，简直易如反掌。”她带着天生的幽默说，“只要跟着雪地上我的血迹就行了。”接着她仔细想了想自己说的话，在第一缕晨曦中，笑靥如花绽放。

“想象一下，”她说，“雪地上的血迹，从马德里到巴黎。你不觉得这像一首很美的歌曲么？”

但她没有时间细想这些了。到了巴黎郊区，伤口开始血如泉涌。她真切地感觉到灵魂正在经由伤口离开身体。她试图用手提包里装的卫生纸阻断血流，但还没来得及包住手指就已被鲜血浸透，不得不扔出窗外。她身上的衣服、大衣、车座慢慢地都被血浸透了，但两人都无计可施。此时比利·桑切斯才真的感到害怕了，坚持要找一家药店。但这时候她已经明白，这并不是药剂师可以解决的事。

“我们马上就要到奥尔良门了，”她说，“继续往前开，沿着勒克莱尔将军大街，就是最宽、树很多的那条，然后我会告诉你该怎么做。”

这是整个旅途中最艰难的一段。勒克莱尔将军大街是交通枢纽，挤满了小汽车和摩托车，双向都堵得严严实实，中间还夹杂着开往市中心市场的巨型卡车。嘈杂而无用的喇叭声让比利·桑切斯烦躁不已，一路上跟好几个司机互相用粗话大声辱骂，甚至差点儿下车去跟其中一个打架。但妮娜·达肯德最终使他相信，法国人是世界上最粗野的民族，但从不打架。这再次证明了她出众的理性，因为那时，她正尽力使自己不失去意识。

光是走出贝尔福狮子广场的环岛就花了一个多小时。咖啡馆和超市都亮着灯，就像夜里一样。这是巴黎一月份一个典型的周二，天灰蒙蒙的，到处都脏乱不堪，没完没了地飘着没能凝成雪花的细雨。所幸丹费尔－罗什洛大街还比较通畅，驶过几个街区后，妮娜·达肯德示意丈夫右转，把车停在一座巨大而阴森的医院的急诊入口处。

她需要有人帮助才能下车，但是并没有慌乱，也没有丧失清醒。在等待值班医生的时候，她躺在担架床上，回答着护士关于身份和病史的例行询问。比利·桑切斯带着她的包，紧握着她戴着婚戒的左手，感觉那只手冰冷无力，而她的嘴唇已经失去了血色。他一直陪在她身边，握着她的手，直到值班医生赶到，对她受伤的手指迅速做了检查。这是一个非常年轻的男人，古铜色的皮肤，秃头。妮娜·达肯德没有注意他，而是望着丈夫，青灰色的脸上浮现出微笑。

“别害怕。”她的幽默感无可抵挡，“唯一有可能发生的事，就是这位食人魔把我的手砍下来吃掉。”

医生完成了检查。尽管带着奇怪的亚洲口音，他准确无误的西班牙语仍旧让他们大吃一惊。

“不会的，年轻人。”他说，“我这个食人魔宁可饿死也不会砍下一只如此美丽的手。”

他们有些茫然，但是医生用一个亲切的手势让他们平静下来，然后下令把担架床推走。比利·桑切斯紧握着妻子的手，想要跟上去。医生用胳膊阻止了他。

“您不能去。”他说，“她要去重症监护室。”

妮娜·达肯德再次向丈夫报以微笑，然后挥手告别，直到担架床消失在走廊尽头。医生落后几步，研究着护士在登记表上写下的内容。比利·桑切斯叫住他。

“医生，”他说，“她怀孕了。”

“多久了？”

“两个月。”

医生对这个消息并不像比利·桑切斯预想的那样重视。“你做得很好，的确应该告诉我。”他说完就跟着担架床走了。阴郁的大厅里飘着一股病人的汗味儿，比利·桑切斯站在原地，看着妮娜·

达肯德被带走后空荡荡的走廊，不知道该做什么。之后他就跟其他等待的人一起坐在木头长椅上。不知道他在那里待了多久，当他决定离开医院的时候，天已经又黑了，雨还在下。他还是不知道该做什么，甚至不知道该如何安置自己，他已经被这个世界的重量压垮了。

根据几年后我在这家医院的档案中查到的，妮娜·达肯德于一月七日星期二上午九点半入院。第一个晚上，比利·桑切斯就睡在停在急诊入口处的车里。第二天一大早，他在他找到的最近的咖啡馆吃了六个煮鸡蛋，喝了两杯加牛奶的咖啡，因为自从离开马德里，他还没有正经吃过一顿饭。然后他回到急诊大厅，想去看妮娜·达肯德。里面的人费了好大劲儿终于让他明白应该从正门进去。在正门那里，他总算找到一个做服务工作的阿斯图里亚斯人为他充当翻译，跟看门人交流。他确认了妮娜·达肯德的确已经在这里登记住院，但是只有每周周二上午九点到下午四点允许探视。也就是说，六天以后。他试图寻找那个说西班牙语的医生，将其描述为一个光头的黑人。但是就凭这两个简单的特征，谁也没法确认到底是谁。

妮娜·达肯德住院的消息让他安心了些。他回到停车的地方，一个交警要求他把车停到再往前两个街区的一条狭窄的小街上，而且必须是奇数门牌号那一侧。对面的人行道上有一栋改造过的建筑，挂着“尼科尔旅馆”的招牌。这家旅馆只有一颗星，前厅很小，里面除了一张沙发和一架陈旧的立式钢琴别无他物，但是尖声尖气的店主能跟说任何语言的人交流，只要他们付钱。比利·桑切斯带着十一件行李和九个礼物盒住进了唯一一间空房，那是九楼的一间三角形阁楼。螺旋形楼梯里飘着一股煮菜花的味道，他爬到九楼时已经快喘不过气来。房间的墙壁上蒙着暗淡的织物，透过唯一的窗户只能看到灰蒙蒙的内院。房间里有一张双人床，一个巨大的衣柜，一把简单的椅子，一个便携浴盆，一个盥洗台，上面放着脸盆和水罐，所以在这个房间里待着的唯一方式就是躺在床上。所有这些东西不止陈旧，可以说是破烂不堪，但幸好十分干净，还带着一股新鲜健康的药味。

以比利·桑切斯的生活经历，这个建立在精打细算基础上的世界对他来说简直是个无法破解的谜。他到底也没弄明白，楼梯里的灯为何总是在他到达他那层之前就熄灭了，他也不知道如何让它再亮起来。他花了半个早上才发现每一层的楼梯平台处都有一个小房间，里面有一个抽水马桶。他已然决定就在黑暗中上厕所了，这时意外地发现从里面插上插销灯就会亮，这样设计是为了防止人们忘记关灯。淋浴间在走廊尽头，他坚持每天洗两次，和在家乡时一样，洗澡是另收费的，而且只收现金。热水由管理处控制，每次只流三分钟就停了。不过，比利·桑切斯还算清醒，明白这种跟他的祖国迥异的秩序无论如何总比外面一月份的恶劣天气好点儿。此外，他感到茫然而孤独，不知道失去了妮娜·达肯德的庇护，自己将如何生活下去。

星期三上午，他一进房间就扑倒在床上，外套都没脱，想着他那几乎无所不能的小妻子还在街对面的医院里不停地流血。但睡意来得如此自然，他很快就屈服了。醒来的时候，表针指向五点，但他无法判断是下午五点还是早上五点，也不知道当天是星期几，窗外这座风雨交加的城市是哪里。他睁着眼躺在床上等着，一直在想妮娜·达肯德，直到确定天真的亮了。然后他去了前一天去的那家咖啡馆吃早饭，在那里得知当天是星期四。医院里亮着灯，雨已经停了，于是他靠在医院大门对面的一棵栗树上，看着穿白大褂的医生和护士进进出出，希望能碰到那天接诊妮娜·达肯德的亚裔医生。他没有看见他。午饭后的等待也毫无结果。最后他不得不放弃，因为他快要冻僵了。晚上七点，他喝了一杯加奶的咖啡，吃了两个自己从食品柜里拿的煮鸡蛋。四十八小时前他在同一个地方吃了同样的东西。当他回到旅馆准备上楼睡觉时，发现其他所有车都停在一侧的便道上，只有自己的车孤零零地停在另一侧，挡风玻璃上贴着一张罚单。旅馆的看门人费了好大劲儿跟他解释，在一个月的奇数日期只能在奇数门牌号那一侧停车，偶数日期就得停到另一侧。这么多理性的花招对于一个典型的桑切斯·德阿维拉家族的人来说，简直难以理解。就在不到两年前，他还曾开着市长的专车闯进社区影院，当着警察的面撞死人，警察也无动于衷。他更不理解的是，旅馆的看门人建议他支付罚单，但不要在这个时候把车挪走，否则到了晚上十二点他得再挪一次车。那天后半夜，他第一次不再只想着妮娜·达肯德，而是在床上辗转反侧。他想起了自己在加勒比卡塔赫纳公共市场的同性恋酒吧度过的那些悲伤的夜晚；想起了煎鱼的味道和码头小餐馆里的可可饭，那些码头总是停靠着阿鲁巴的纵帆船；想起了他那掩映在杜鹃花丛中的家，此刻那里应该还不到晚上七点，他似乎看到父亲穿着一身丝绸睡衣在清凉的露台上看报纸。

他想起了他的母亲。任何时候他都不知道她在哪儿。迷人而健谈的母亲，每到傍晚就穿上礼服，耳边别着一朵玫瑰，因为那些华美布料的束缚热得喘不过气来。他七岁的时候，有一天下午突然闯进她的房间，吃惊地看见她跟她的一个露水情人赤身裸体待在床上。他和母亲从未谈论过这件事，它让两人之间建立起一种比爱更有用的同谋关系。然而，他从未意识到这一点，以及自己作为独生子的孤独人生中其他很多可怕的事情。直到这天晚上，在巴黎市内一间悲伤的阁楼里，他在床上辗转难眠，发现找不到一个可以向其诉说自己的不幸的人，同时又无比愤怒，因为他无法抑制哭泣的欲望。

这一夜的失眠也有收获。周五早晨，因为彻夜未眠，他起床时憔悴不堪，但他决心重新定义自己的生活。他最终决定撬开行李箱换件衣服，因为所有钥匙都在妮娜·达肯德的包里，大部分现金和电话本也在里面，本来在电话本上也许可以找到巴黎某个熟人的电话。还是在那家咖啡馆，他发现自己已经学会了用法语打招呼，还有点火腿三明治和加奶咖啡。他也知道自己永远不可能点任何形式的黄油或者鸡蛋，因为永远学不会那些词的发音。但黄油总是随着面包一起上来，而煮鸡蛋在食品柜里就可以找到，不需要点，自取即可。此外，三天以来服务员都对他很熟悉了，能够帮助他表达自己的意愿。于是周五午餐时分，他绞尽脑汁，点了牛排配炸薯条和一瓶酒。喝完感觉很好，就又点了一瓶，喝了一半。吃完饭他穿过街道，下定决心要闯进医院。他不知道妮娜·达肯德在哪儿，但是那个亚裔医生出人意料的形象深深地印在他的脑海里，他相信自己一定能找到他。他没有从大门进去，而是选择了急诊入口，他觉得那里的警卫会相对薄弱些。但他甚至没能走到妮娜·达肯德向他挥手道别的走廊。一个制服上有血迹的保安在他经过时问了一句什么，他没有理会。保安跟着他，一直用法语重复同一个问题，最后用力抓住了他的胳膊，使他不得不停下来。比利·桑切斯使出从前当流氓时的招数试图摆脱他，于是保安开始用法语问候他的母亲，并轻而易举地把他的胳膊扭到背后，一边骂骂咧咧，一边把几乎双脚悬空、疼得龇牙咧嘴的他拎到门口，像扔一袋土豆一样扔到当街。

那天下午，因为这惨痛的教训，比利·桑切斯开始变得成熟。他决定去自己国家的大使馆寻求帮助，要是妮娜·达肯德就会这么做。旅馆的看门人显得有些孤僻，实际上却十分热心，而且对各种语言都很有耐心。他帮比利·桑切斯在黄页上找到使馆的电话和地址，记在一张卡片上。接电话的是个和蔼的女人，从她缓慢呆板的语调中，比利·桑切斯立刻听出了安第斯山脉的口音。他首先报上自己的全名，确信那两个姓氏会让那个女人大为震惊，但电话那头的声音没什么变化。他听到她用背熟的措辞解释说大使先生目前不在办公室，第二天才会上班，而且无论如何，除非有特殊的事情并且事先预约，大使是不会接见他的。于是，比利·桑切斯认识到，这条路也无法将他送到妮娜·达肯德身边，他以同样的礼貌谢过她，然后叫了一辆出租车直奔使馆。

使馆位于爱丽舍大街二十二号，那里是巴黎最宜人的地段之一。但是，多年以后，比利·桑切斯在卡塔赫纳亲口告诉我，那个地方唯一令他印象深刻的是，自从到达巴黎，他第一次看到那里的阳光跟加勒比地区的一样明亮，埃菲尔铁塔伸出城市刺入晴朗的天空。接待他的不是大使，而是另一位官员，看上去像是大病初愈，不但穿着黑色的呢绒西服，领口紧扣，系着黑色领带，而且举止安静，声音温和。他对比利·桑切斯的焦虑表示理解，但不失温和地提醒他，此刻他们身处一个文明的国度，这里的严谨规则建立在最为古老和睿智的准则之上，跟野蛮的美洲相反：在那里，只要贿赂看门人就可以溜进医院。“不，我亲爱的年轻人。”他说。除了服从理性法则等到下周二，没有其他办法。

“无论如何，也不过四天时间。”他最后说，“在这期间，您可以去参观卢浮宫。很值得一去。”

离开使馆之后，比利·桑切斯发现自己站在协和广场上不知该做些什么。越过旁边的屋顶，他看到埃菲尔铁塔似乎离得很近，于是打算沿着码头走过去。但是很快他就发现，实际上要比看起来远得多，而且随着他的追寻，铁塔也在改变方位。于是他在塞纳河畔的长椅上坐下，想着妮娜·达肯德。他看着拖船从桥下穿过，感觉它们不像船，而像一座座漂泊的房子，有着彩色的屋顶，窗台上摆放着花盆，还拉了绳子，用来在甲板上晾衣服。有很长一段时间，他都在看一个一动不动的钓鱼人，连钓竿和水里的钓线都纹丝不动，直到看累了，也没有等到什么东西动一下。天色开始暗下来，他决定叫个出租车回旅馆。直到这时他才发现自己没有记下旅馆的名字和地址，而且完全不知道那家医院位于巴黎哪个区。

他感到一阵恐慌，稀里糊涂地进了遇到的第一家咖啡馆，要了一杯白兰地，同时试图理清自己的思绪。在沉思的过程中，他看见墙上有好多面镜子，从各个角度映出很多个自己，看上去惶恐而孤独。他有生以来第一次想到了死亡的现实性。但随着第二杯酒下肚，他感觉好多了，突然想到可以返回使馆。他在口袋里摸索那张卡片，以期回忆起那条街的名字，赫然发现卡片背面印着旅馆的名字和地址。这次经历让他感觉如此沮丧，整个周末除了吃饭和把车停到相应的路边，他没有走出过房间一步。整整三天，外面一直在下着脏兮兮的小雨，跟他们到达的那天早上一样。比利·桑切斯从来没有完整地读过一本书，这时候却希望手头有一本，使自己不必一直无聊地躺在床上，但是他在妻子的行李箱里找到的几本书都不是西班牙语的。他只能继续干等着星期二到来，盯着壁纸上不断重复的孔雀图案，没有一刻停止想念妮娜·达肯德。星期一，他稍稍整理了一下房间，想象着如果她看到会说什么。直到这时他才发现那件貂皮大衣上沾了血迹，已经干了。他从手提箱里找出香皂，整个下午都在洗这件大衣，直到它变得跟在马德里被送上飞机时一样。

周二天亮时分，空气浑浊而寒冷，但是没在下雨。比利·桑切斯六点就起床了，跟一大群捧着礼物和鲜花的患者亲属一起等在医院大门口。他随着人群走进医院，手臂上搭着貂皮大衣，什么都没打听，也完全不知道妮娜·达肯德会在哪里，但是他确信自己必须找到那个亚裔医生。他穿过一个很大的庭院，里面种着花，还有野生的小鸟。庭院两边是病房：女病房在右，男病房在左。他跟着那些访客进了女病房，看到一长排女病人坐在床上，穿着医院的病号服，明亮的阳光透过窗子洒在她们身上。他甚至想，所有这些都比在外面所能想象的更欢乐。他来到走廊尽头，然后又折回来找了一遍，直到确信这些女病人里没有妮娜·达肯德。之后他再次来到外面的走廊上，从窗口望着男病房那边，直到他自觉认出了他要找的那个医生。

真的是他。他正跟其他医生还有几个护士一起检查一个病人。

比利·桑切斯走进那间病房，推开其中一个护士，站到了那个亚裔医生面前。医生正在俯身查看病人。比利·桑切斯叫了他一声。医生抬起那双冷静的眼睛，想了一下，认出了他。

“可是，见鬼，您这些天跑哪儿去了？”他喊道。

比利·桑切斯迷惑不解。

“在旅馆里，”他说，“就在那里，拐过去就是。”

于是他知道了一切。在巴黎最优秀的医学专家们徒劳地奋战了七十个小时之后，妮娜·达肯德于一月九日星期四晚上七点十分因失血过多而去世。直到最后一刻她都保持着镇静和清醒。她指点他们去雅典娜广场旅馆找她丈夫，因为他们在那里预定了一个房间，还提供了资料，好让医院联系上她的父母。使馆于周五收到外交部发来的紧急电报，那时候妮娜·达肯德的父母已经飞往巴黎。大使亲自负责遗体防腐处理及葬礼等事宜，并同巴黎警察局长保持联系，以期找到比利·桑切斯。从周五晚上一直到周日下午，一条紧急寻人启事在电台和电视台循环播放。在那四十个小时里，他是整个法国都在寻找的人。在妮娜·达肯德包里找到的他的照片被张贴在全城的大街小巷。有三辆同一型号的可折叠式敞篷宾利被找到，但没有一辆是他的。

妮娜·达肯德的父母于周六中午抵达巴黎，在医院的小教堂里守着遗体直到最后一刻，希望能找到比利·桑切斯。他的父母也收到了消息，已经准备好飞往巴黎，但最终因为电报上的差错没有成行。葬礼于周日下午两点举行，距离比利·桑切斯蜗居的旅馆陋室只有两百米，那时他正因为对妮娜·达肯德的爱受着孤独的煎熬。在使馆接待他的那位官员几年后告诉我，在比利·桑切斯离开他办公室一小时之后，他本人就收到了外交部的电报，然后一直在圣奥诺雷郊区街那些隐秘的酒吧寻找他。他承认在接待他时没太用心，因为根本没想到那个把羊皮外套穿得不伦不类、在时尚的巴黎显得愣头愣脑的渔村小子居然有如此显赫的家世。周日晚上，就在比利·桑切斯强忍着因恼怒而涌起的泪意时，妮娜·达肯德的父母放弃寻找，用金属棺材带走了做过防腐处理的遗体。在之后很多年中，那些看到过妮娜的人们一直在说，从来没见过比她更美的女人，不管是活着的还是死去的。因此，当比利·桑切斯在周二早上终于进入医院时，妮娜已经在拉曼加街区凄凉的公墓中下葬了，距离他们初尝幸福滋味的房子只有几步之遥。在医院大厅里，告知比利·桑切斯这一悲惨消息的亚裔医生想要给他点儿镇静片，他拒绝了。他离开了医院，没有道别，也没有什么可感谢的。他只想找个人用铁链暴打一顿，以报复自己遭遇的不幸。他离开医院的时候，甚至没有注意到雪片正从空中落下，没有血迹，柔软洁白，像是鸽子的羽毛，而巴黎街头一片欢腾，因为那是十年来第一场大雪。

一九七六年

图书在版编目(CIP)数据

梦中的欢快葬礼和十二个异乡故事/〔哥伦〕马尔克斯著；罗秀译.－海口：南海出版公司，2015.5

ISBN 978-7-5442-7555-2

Ⅰ.①梦…　Ⅱ.①马…②罗…　Ⅲ.①短篇小说－小说集－哥伦比亚－现代　Ⅳ.①I775.45

中国版本图书馆CIP数据核字(2014)第280980号

著作权合同登记号　图字：30-2012-066

梦中的欢快葬礼和十二个异乡故事

〔哥伦比亚〕加西亚·马尔克斯 著

罗秀 译

出　　版　南海出版公司　(0898)66568511
　　　　　海口市海秀中路51号星华大厦五楼　邮编 570206
发　　行　新经典发行有限公司
　　　　　电话(010)68423599　邮箱 editor@readinglife.com
经　　销　新华书店

责任编辑　黄宁群
装帧设计　韩　笑
内文制作　王春雪

印　　刷　山东韵杰文化科技有限公司
开　　本　850毫米×1168毫米　1/32
印　　张　7
字　　数　125千
版　　次　2015年5月第1版
印　　次　2024年8月第17次印刷
书　　号　ISBN 978-7-5442-7555-2
定　　价　35.00元